新選組血風錄

㊦

司馬遼太郎

目次

★：譯注　◎：編按

上冊

油小路的決鬥
暗殺芹澤鴨
長州密探
池田屋異聞
鴨川錢取橋
虎徹
留著前髮的惣三郎

下冊

吹胡沙笛的武士……五
三條河灘的刀光劍影……四五
海仙寺黨異聞……八五
沖田総司之戀……一二三
寶藏院流槍術……一六五
彌兵衛的奮戰……二〇五
四斤山砲……二四五
菊一文字……二八七

吹胡沙笛的武士

一

順著祇園的林間小路向上往東走，便來到真葛原。

京都的市街可盡收眼底。

小鶴繼續往上走。只零星設有幾塊踏腳石的狹窄石階，在長滿雜樹的陡坡上延續約半丁遠，不久便來到位於山腹的寺院。

長樂寺。

細雨濕唐傘，楓紅長樂寺——山腳下的祇園妓女們哼唱的小曲，裡頭提到的就是長樂寺。由於是山中的小寺，所以不見前來參拜的人影。

小鶴每個月都會在母親的忌日前來這座滿是楓葉的寺院參拜。

這天是慶應二年一月二日。

此時當然看不到楓紅。寺院外圍的楓樹林，如今只剩樹枝挺向一月的天空，抵禦寒冬。

參拜完後，她準備沿著坡道而下。這時，石階右邊的林中突然響起一陣從未聽過的奇妙樂音，但轉瞬便又消失。

（莫非是狐狸？）

她如此猜測，但現在才剛過正午。小鶴強忍心中的害怕。

不久，奇妙的樂音再度傳來。是笛聲。雖是笛聲，但小鶴從未聽過這種樂器。既非橫笛，也不是尺八、一節切★之類的樂器。小鶴自幼在京都長大，所以對笛子略有所悉。她極力搜尋自己記憶中的各種笛音。狛笛、神樂笛、篠笛、天吹、蕭篳篥、明笛，她每一種都聽過，但此刻楓林中傳來的音色，卻不屬於以上任何一種。與尺八有幾分相似。但音色更為複雜，猶如魚狗飛越河灘時的振翅聲，帶有一股水氣的溫潤。聆聽此樂音時，因為笛聲中帶有一縷嫋嫋哀音，感覺清楚傳來對方的情感。

小鶴感到害怕，再度折返寺院。她向寺僧詢問後，僧人回答：

「可能是皇宮或本願寺的伶人吧。他們都是獨自來到這座林中練習吹奏樂曲，因為這樣不會吵到旁人。」

小鶴這才放心地離開寺院，走下石階五、六步後，下定決心，轉進右邊的楓林中。

樹下有名武士。

一節切：尺八前身的一種樂器，由一節長的竹子所做，因而得名。

頭上綁著髮髻，身穿棉布短外罩、小倉織裙褲，模樣簡陋，唯獨一對長短佩刀頗為精緻，銀色刀柄、蠟色刀鞘、紫色刀柄繩，一雙長腿伸向枯草中。他的臉蛋膚色白淨，輪廓深邃。

武士停止吹奏。

「誰？」

他的表情極為嚴峻，不帶半點柔和之色。小鶴很想轉身逃跑。

（真不好意思。）

這名年輕武士似乎心裡這麼想，突然露出和善的笑容。

小鶴這才鬆了口氣，就像在討武士歡心似地問道：

「請問那是什麼笛子呢？」

「胡沙笛。」

武士讓小鶴觀看。

小鶴將它拿在手中細看，只見此笛長約一尺二寸，僅是由骯髒的樹皮捲成。裡頭是平凡無奇的空洞。

胡沙笛。

武士說：「這是以前蝦夷人吹奏的樂器。」他的故鄉是奧州的南部★領地。領地內還

南部領地：陸奧豪族南部氏的領地，相當於現今的青森縣東半部到岩手縣中部一帶。

留有幾個蝦夷人後代的部落，有位懂得吹這種簡樸笛子的老人。小時候他曾跟老人學吹笛。

「我故鄉的人不喜歡這種笛聲。」武士說。

在這位武士的故鄉，只要聽見這種外地民族的笛聲，天氣便會轉陰，最後甚至颳風下雨。據漁夫的說法，往往隔天海上還會引發風浪。一切只因它的音色過於哀傷。

「京都人或許不會排斥，但我還是不敢在市內吹奏，所以休假時我常來這裡吹奏。」

「請問……」

小鶴一副欲言又止的模樣，請武士再吹奏一曲。武士張大眼睛，一臉訝異。

「妳喜歡這個聲音嗎？」

他操著濃濃的奧州口音，不容易聽懂。但藉由他和善的表情，小鶴清楚明白他的語意。

「希望您能再吹奏一曲。」

「這樣啊。」

武士舉笛朝向天際。他思索著該吹哪首曲子才好，不久，便輕快地吹了起來。小鶴雙腳併攏，靜靜蹲在草叢中。笛聲忽而向雲霄清嘯，倏而在地上低迴，時而在小鶴體內迴蕩鳴唱。

小鶴悄悄窺望武士的側臉。

她還是第一次見識奧州人，與大多五官扁平的畿內人★截然不同，他那稚氣未脫的英挺五官，帶有一絲寂寥的陰影。若從京都的角度來看，這名武士的故鄉算是內地。他就像思鄉般，獨自在這王城的山中吹奏蝦夷或蠻狄的詩歌。

小鶴看著看著，覺得這名武士彷如誤闖京都的蠻狄，此刻正心無雜念地唱出蠻狄的孤獨，她不自覺眼中泛淚。

小鶴急忙以衣袖拭淚。

「妳怎麼了？」

武士吃驚地望著小鶴。一臉擔憂之色。

「沒什麼。」

抬眼一看，剛才蔚藍的晴空，不知不覺間，竟已烏雲低垂。

風吹拂著荒草。雖然不可能是武士的胡沙笛造成，但照這樣的情況看來，恐怕走到山腳處便會下雨。

兩人不發一語，開始邁步離去。

來到祇園林時，已下起傾盆大雨。

兩人奔向林中的茶店。被帶往二樓的廂房。

畿內：京都附近的地區。

打開鄰房一看，設有床鋪。小鶴見了床鋪，才發現這裡便是傳聞中位於祇園林的幽會茶店。那名武士只是默默望著格子窗外的天空。看來，他還未熟悉京都的一切，沒察覺這是怎樣的一家店。這令小鶴放心不少，同時也對這名武士懷有連她自己也覺得慌亂的強烈愛意。

這名武士是新選組隊員鹿內薰。

二

小鶴是祇園町的理髮師，住在建仁寺町的巷弄裡。

從那之後，鹿內夜裡會偷偷來找她，他們二度在祇園林的幽會茶店碰面。但奇怪的是，鹿內只是同她聊天，連小鶴的手都沒碰過一下。

沒想到鹿內是如此逗趣的人，與小鶴的第一印象大不相同。這令小鶴頗為開心。鹿內侃侃而談，聊到故鄉的習俗、南部鄉士的生活，以及養育他長大的雜役左兵衛的種種，言談中帶有豪邁不羈的詼諧。小鶴認識的京都人當中，沒人有他這種豪邁不羈的詼諧。

但這又是怎麼回事呢？鹿內就只是為了想一一細說自己的家鄉事給小鶴聽，才來找她嗎？

他們第三次見面。

小鶴開始以觀察鹿內為樂。鹿內自從認識小鶴後，有了很明顯的變化。

那就是服裝。

他不再穿先前那簡陋的紋服，而是改穿黑羽雙層短外罩。不過，也許是無法顧及裙褲，他仍舊穿著那件略嫌骯髒的小倉織白裙褲。

第三次在祇園林的幽會茶店見面時，小鶴對他說：

「我來幫您做一件裙褲吧。」

鹿內聞言，像孩子般開心不已，令小鶴看了都不禁替他感到難過。

第四次見面時，小鶴已做好一件仙台平裙褲。

「好看嗎？」

鹿內站起身讓小鶴欣賞。——好看。他的膚色白皙得幾乎可看見血管，而且肩膀厚實。外形威武，有種出身不凡的氣質。

（鹿內薰變了。）

有這個念頭的，不只小鶴一人。組長助勤原田左之助也這麼認為。左之助是伊予人，個性急躁粗魯，是個令隊員敬畏的老頑固。不過，打從鹿內入隊的那時候起，原田左之助便很喜歡這名年輕人。

「他不是人。」原田曾這麼說。

這句話是在誇讚鹿內的膽識。隊內很少有人像鹿內這麼有膽量。

文久三年八月的禁門政變，長州藩在京都政界失勢後，就此被幕府視為朝敵。同年十二月後，幕府下令，只要一發現潛入京都的激進派浪人，新選組、見迴組的隊員便可立即捕殺。但隔年的元治元年三月，長州派的浪人集團十多人，分梯從大坂潛入京都。

「好像有一些人藏身在寺町丸太町的客棧伊吹屋內。」

奉行所的密探前來報告，新選組立即派原田左之助等十人展開奇襲。

「讓對方給逃了。」

原田苦笑著返回營區。任務最後無功而返。敵人確實待過客棧，但到的時候只剩空殼。不過，同行的鹿內薰卻有預感——他們也許會再回到這個巢穴。他向原田告知自己的想法後，原田笑著應道：「怎麼可能。」不過，他還是向副長土方歲三轉告此事。土方很認真地聽原田陳述。土方和原田一樣很欣賞鹿內的人品，他似乎正打算找機會將鹿內提拔為助勤。

「給鹿內一個立功的機會吧。」

土方從隊內的金庫裡取出機密費。

鹿內以這筆錢治裝，假扮成「奧州鹽竈神社神官平田右京」這號人物，從會津本陣裡借來一位有膽識的侍從，隻身前往伊吹屋投宿。名義上說是要到京都的吉田神道家，為接任職務一事進行拜訪。

鹿內獨自一人在這家客棧裡住了十五天之久。到第十五天傍晚，果然不出所料，來了四名浪人。

向客棧老闆打聽後得知，是上個月在此投宿的西國浪人。個個都是藩內精挑細選的高手。

鹿內立刻遣侍從奔回營區通報，自己則繼續監視。但過沒多久，這一行人便開始整裝準備外出。

天色已暗。

鹿內做好決定，仔細檢視過刀柄的目釘是否牢固後，邁向走廊。敵人的房間位於二樓東面。他打開拉門。

敵人大吃一驚，回頭而望。

「你是什麼人！」

「我乃新選組的鹿內薰。」

敵人拔劍便斬。鹿內以迅捷如電之速挑起對手長劍，迎面一劍斬落。敵人的屍體一度仰身挺胸，但旋即倒臥斃命。

現場一陣亂鬥。

鹿內不用長刀。他考量客棧的天花板低矮，特地準備了一把長一尺九寸的短刀，巧妙地運使這把短刀應敵。

他連殺三人。

第四個人打開拉門，越過扶手，躍往底下丸太町的大路上。鹿內也跟著縱身躍下。

敵人守在底下，並不逃走。想必是打算趁鹿內躍下，身體一時無法靈活行動時，要將他砍成兩半。

但鹿內極為冷靜。他在躍下的同時，手中短刀激射而出，趁對方怯縮時落地，高舉奧州刀匠寶壽打造的一把長二尺三寸八分的長刀，掃向對手右軀。被一刀架開後，他迅速跨步向前，改為刺擊。但這時他才發現這把刀缺了刀尖。

「算了。」

他後退一步，就此收刀。對手似乎鬆了口氣，不發一語，就此逃離。

鹿內有過這樣的經歷。

土方對他所立的大功深感驚嘆，本打算立刻升他為助勤，但土方的提議，難得被近藤擋下。

「再觀察一陣子。」

理由近藤雖沒明說，但原因之一，就是鹿內的儀容不佳。還有一點，就是一旦有事發生時，他的濃厚鄉音，會教人聽得一頭霧水。這樣恐怕難以勝任指揮的角色，這就是近藤的理由。

然而，最近他突然褪去昔日的土味，就像變了個人似的。

「鹿內是怎麼了？」

也難怪原田左之助會半納悶、半調侃地如此說道。當然了，箇中原因原田也已猜出幾分。

（應該是有女人了吧。）

若是以前，原田左之助絕沒這麼敏銳，但近來他獲得近藤的同意，成婚娶妻。隊內自近藤、土方以下，幾乎每個隊員不是單身，便是把妻子留在故鄉，像原田這樣在京都娶妻的例子，可說是特例。他的妻子名叫阿正，是佛光寺四疊半町佛具店老闆的女兒，兩人在營區附近的御堂前筋租屋共組家庭。阿正已懷有身孕。

「原田，你發現了嗎？」

就在原田成家後過沒多久，副長土方向他如此問道。

「鹿內薫變得不太一樣。他從以前就是個耿直勤奮的人，不過，最近辦起事來更加俐落了。」

「他呀……」原田冷淡地應道：「他好像有女人了。」

「那很好。」土方以平時難得一見的開朗口吻說道：「你看他不是很有幹勁嗎？看來，女人也是不錯的良藥。」

——鹿內老弟，連副長都這麼說呢。

當天傍晚，原田便向鹿內告知此事。鹿內整個人從脖子紅到耳根。

「對方是哪裡人？」

「才沒這回事呢。」

儘管模樣狼狽，但鹿內那喜在心頭的神情，是最好的證明。此後，原田小隊的成員都以「藥」來稱呼鹿內的女人。

——喂，藥近來可好？

就像這樣。

不過，當事人鹿內並不像隊員們想像的那般低俗，這帖藥他至今仍未服用。說來不幸，鹿內都這把年紀了，卻仍是童子之身。

他不敢碰觸小鶴。小鶴並非名門閨秀，說穿了，不過是個女理髮師，身分低下。但是就出身奧州鄉間的鹿內而言，她是皇城裡的女人，是個美麗的幻影。他擔心自己舉止粗野，過於猴急，會惹來小鶴反感。

所以他都只和小鶴談天。

他一心想博取小鶴的好感，所以隊上發給的薪奉，他全拿去治裝。就鹿內來說，僅只如此。這樣有什麼不對嗎？

三

「南部的領主啊……」

鹿內在祇園林的幽會茶店，向小鶴如此說道。兩百多年前，在慶長十九年的大坂之陣，江戶的德川家康命南部的領主出征，鹿內薰津津有味地說起這段歷史。

奧州南部之地，南北長八十里★，東西寬三十里，在三百諸侯中領地最為遼闊，但當中大多是貧瘠荒蕪的山野，俸祿也不過二十萬石。

「那是日本的邊陲之地。」

鹿內露出遙想過往的眼神。他告訴小鶴，慶長十九年的大坂之陣，當地武士騎著馬，一兩百人成群結隊遠赴皇都，那是最初，也是最後的一次經驗。

當時的領主南部利直，雖然接獲江戶幕府下達的出征軍令，但家臣的下屬、步卒、雜役，都不想千里迢迢遠赴京都一帶，所以陸續有人稱病不出，或是辭職卸甲歸田，幾乎無法動員。

「然後呢？」

小鶴頗感興趣。站在京都人的立場，奧州這種邊陲之地，就像佛經裡提到的遙遠國度一般。

「領主怎麼說？」

「他僱用蝦夷人。」

當時南部的海濱還留有幾個蝦夷部落。他們是傳奇的民族，勇猛剽悍，不怕死，所以南部家也就睜一隻眼、閉一隻眼，對他們採取保護政策。但想必當時並未明說是

★一里：約三・九二公里。

要「上大坂打仗」，而是以花言巧語欺騙他們。他們讓蝦夷人扮成步卒，編入槍組、弓組、苦力組，就此千里迢遙地遠赴大坂。

大坂冬之陣時，南部部隊擔任加賀前田大軍的右翼，布陣於平野川西岸，以壓制敵方平野的出口。

「當然了，讓蝦夷人扮成士兵一事，一直保密不讓其他領地的人士知道。不過，南部家內心可能也很期待蝦夷人在戰場上發揮勇猛果敢的一面。」

然而，隨著戰事在即，敵方發射的大小槍砲，開始朝攝河泉三州的上空與地面猛轟，這令蝦夷人大為震驚。就他們而言，火藥的爆炸聲是前所未有的體驗。他們紛紛拋下陣營，四處逃竄，南部家的武士別說上場打仗了，光是抓回這些蝦夷人便已耗盡力氣。

「那就是我的故鄉。」

鹿內笑著說道：「那南部人，此刻正來到這座花都。就是妳眼前的我。」鹿內再次大笑。想必他是想讓小鶴明白他孤獨的心境。但南部人特有的靦腆，令他說不出口。所以他才會說出這種聽在小鶴耳裡，就像童話故事般的滑稽故事，將自己的心情包藏在詼諧逗趣中，向她傾訴。

（我喜歡他……）

小鶴心中暗忖。

「我喜歡您。」

她鼓起勇氣，如此悄聲說道。但她微微抬眼一看，發現鹿內的反應，竟然只是兩頰泛紅。小鶴感到難過。我到底該怎麼做才好？她伸指輕撫榻榻米的外緣，一再重複這個動作。

兩人陷入漫長的沉默。

小鶴輕撫著榻榻米外緣，靜靜等候。她知道鹿內注視著她，呼吸變得急促。小鶴見狀，呼吸變得又輕又細。

鹿內向前將她按倒。

鹿內的動作無比激烈，小鶴多次幾欲就此失去意識。她感覺體內彷如有匹奧州的駿馬，馬蹄奔騰，四處狂奔。她猛然回神，發現自己正緊咬著棉被。

「小鶴，」事後，鹿內開心地說道：「我們共組家庭吧。」

「您……」小鶴道：「您是說真的嗎？」

感覺就像一個意想不到的世界突然在眼前敞開。就沒有親人的小鶴來說，家庭這個字聽起來是何等響亮，絕非外人所能體會。共組家庭。小鶴應該會辭去理髮師的工作。她想在家為丈夫摺衣。

「不過……」

鹿內道。若不能升任助勤，便不得在營外過夜。

「我想每天和您見面。」

「我也想。」

鹿內再次擁她入懷。但這次小鶴不再慌亂。有許多念頭在她腦中浮現，復又消失。

我手上還有些積蓄。這樣應該夠支付租屋的訂金。一開始可以先當他的情婦，只要他休假時白天來看我就行了。至於生活所需的經費，靠鹿內隊上的薪俸應該足以維持。

她向鹿內如此提議後，鹿內回答道：「我的薪俸每個月不固定，不過，大約有三兩之多。」小鶴聞言後道：「那樣就夠啦。」鹿內以雀躍的聲音喊道：「太好了。」小鶴與鹿內的歲月，從這天開始具有不同的意義。

京都人好道人是非。小鶴逐一向她常上門服務的茶店，以及很關照她的藝伎青樓登門問候，告知自己辭去工作的原因，但她沒說是因為成家，而是謊稱身體欠安。

從七條搬往南方，房租便宜許多。小鶴在鹽小路找了一處價錢合適的住家，將自己用慣的家具搬進新屋。

他們兩人相當走運。

之後隊上增加不少隊員，鹿內薰被拔擢為助勤，生活改善不少。

「鹿內，很開心吧？」

原田左之助也很替他高興。

四

然而，升任助勤後，鹿內薰起了些變化。

那是元治元年六月襲擊池田屋時發生的事。當時新選組分成兩隊。局長近藤指揮的那一隊僅五、六人，朝三條橋畔的池田屋而去。副長土方則是指揮二十多人，往木屋町三條上的料理店「丹虎」（正式店名為四國屋十兵衛）而行。

原因是根據當天傍晚最後獲得的消息研判，激進派浪人密會的地點不在池田屋，而是在四國屋，這樣的看法可信度頗高。說句題外話，當時有人認為四國屋是土州、長州派的激進志士聚集的巢窟，土佐的勤王黨領袖武市半平天等人，昔日曾在這家料理店的別房居住，指揮手下暗殺佐幕派的重要人士。

鹿內被分派在土方這一隊。

土方似乎早已胸有成竹，難得見他如此開心，他對鹿內道：

「鹿內，你衣服脫下來我看。」

鹿內依言而行。他先脫去短外罩，鬆開裡頭的衣服，露出雙肩。底下穿著隊上發配的鎖子甲。

「都破了。」

土方似乎已發現。他指著鹿內右胸上的一點，有個銅錢般大的破洞。要是被人一槍刺中那個部位，肯定會刺出個透明窟窿。

「沒關係。」

「傻瓜。」

「換上吧。」

土方親自走進倉庫，取出一件新的鎖子甲，遞給鹿內。

鹿內至為感動。土方從未對任何一位隊員如此親切，鹿內算是特例。

隊員分成三人一組，鹿內是其中一組的指揮官。

一行人晚上八點行動。
話雖如此，每一組都保持間隔，前後離開壬生營區。各組分別走不同的路線前往木屋町，於會所集結，這是他們慣用的襲擊準備法。
「在那之前，一切保密。」土方如此吩咐。
鹿內組沒提燈籠，北上行經釜座，專程來到二條，接著再往東走。當天晚上正好是祭典之夜，不過二條通住有不少官卿、皇宮專屬的畫師以及學者，所以入夜後如同無人的市街般，闃靜無聲。
「真安靜。」組內的攝州尼崎浪人平野源次郎說。
接著，平野頻頻與和他同是攝州尼崎浪人出身的神田十內交談。神田也開啟了話匣，兩人開始竊竊私語起來。看在鹿內眼中，西國人就像和他們分屬不同的人種，極為饒舌。
他們的談話並無內容，就只是享受這種嘰嘰喳喳的生理快感。
不過，就現在的情況來看，平野和神田或許只是藉由說話來轉移內心的恐懼。再過半個時辰，有一場生死難料的廝殺正等著他們。連鹿內心裡也感到害怕。
「鹿內兄，對方有多少人？」平野問。
詳細情形，他們這些一般隊員毫無所悉。

「我也不清楚。」鹿內冷淡地應道。

鹿內對分配到他組內的這兩名長舌公沒有好感。他想嚇唬他們。

「有人說，對手有上百人之多。」

不幸的是，鹿內說的話聽起來煞有介事。平野和神田完全沒當這是玩笑話。

「……」

兩名長舌公瞬間沉默。

他們明顯開始信心動搖。

（自古以來，在武藝方面，京都一帶的人總是光會說大話。）

鹿內微微有種優越感。但為什麼隊內出了名的膽小鬼，會分配到自己這一組？

「鹿內兄，」平野說：「近藤師傅和土方師傅到底是採用什麼樣的軍事策略啊，怎麼會以區區二十人去對付上百名敵人呢？」

「會津藩兵應該會去包圍他們。」

「話雖如此……」

「你可否安靜一點？」

富小路上有座川越藩邸。

當他們行經門前時，看到路面上一群黑壓壓的人影。日後才得知，那是當時聚集在西陣淨土宗津福寺內的十多名薩摩藩激進人士，似乎剛從市內喝完酒回來。這群人對薩摩藩採取公武合體★的穩健主義有所不滿，他們對外宣稱：

——藩邸太過窄小，要另設宅邸。

就此在淨福寺住下，還不時成群結隊前往位於黑谷的會津藩陣營，向他們的藩士挑釁，胡作非為。他們的思想與長州人相近。

在這條狹路上，鹿內等三人自然會走進這一大群人當中。

「沒帶燈籠夜行，行跡實在可疑。你們是哪一藩的家臣？」

「我們是新選組。」眼下當然不能像這樣明說。

鹿內以他那極不靈活的奧州口音說道：「我們不是什麼可疑人士，請讓我們通過。」

「哦，他們是會津的人。」

當中某個人雀躍地說道。就薩摩人而言，一說到奧州口音，不管是南部還是會津，聽起來全都一個樣。

「你、你誤會了。」平野和神田支支吾吾地說道。

「不然是哪一藩的人？」

「……」

公武合體：江戶後期的一種政論。主張聯合朝廷和幕府，對幕府權力進行改造。當時是以天皇的妹妹和宮下嫁將軍家茂。

不能說。如果報上隊名，說「我乃新選組某某某」，藉由背景的威勢，我方氣勢也將為之倍增，但現在卻純粹只是個人的身分。這令平野為之怯縮。

他大叫一聲，拔腿就跑。神田見狀，也跟著逃跑。鹿內也在不知不覺間被他們的膽怯所影響，轉身便跑。

他被人從背後砍了一刀。好在身上穿著鎖子甲，沒受傷，但短外罩出現一道長約一尺的縱向刀痕。

鹿內這時感到一股從未有過的恐懼襲遍全身。他全力奔逃。薩摩人發出響亮的腳步聲，緊追在後，少說也有七、八人之多。

不時有人追上他，以薩摩藩特有的示現流吆喝聲喊道「嘿啊」，揮刀斬落。鹿內勉強避開，但雙腳就像浮在空中般，無法控制自如。

（小鶴……）

鹿內想起了她。那是一種近乎懇求、祈禱、很想嚎啕大哭的心境。我快死了。要是我死了，小鶴和她腹中的孩子該怎麼辦？我得活下去才行。人世還真是無常啊。當他如此思忖時，全新的恐懼令他全身血液為之凍結，他完全變了個人。他甚至不會對自己難堪的逃跑模樣感到羞愧。過去他深信，有勇氣、懂廉恥，是奧州人唯一值得自豪的地方，但如今鹿內已完全變了個人，已不再會回顧過去的自己。

他穿出高倉御池的八幡神社，來到姉小路時，終於擺脱敵人的追殺。

（我得趕往木屋町才行。）

他如此思忖，但重要的組員平野和神田已不知跑哪兒去了。

鹿內努力找尋。

他心裡惦記著木屋町集合的時間，在街上東奔西跑。最後終於在寺町通押小路，通稱上本能寺町的十字路口，發現他們兩人的蹤影。

但已是橫陳地上的屍體。

平野似乎是被薩摩示現流特有的快刀所殺，一記右袈裟斬，刀痕直透胸膛，慘不忍睹。神田的手臂掉落一旁，他的屍體跪坐在前方，全身癱軟，不見首級。

（這……）

這是怎麼回事？

鹿內為之茫然。

他先叫醒一旁本能寺的門衛，命他收屍，接著全力在三條通上飛奔。

抵達會所後，在裡頭的房間，副長土方戴著一具生銹的護額，二尺八寸長的和泉守兼定橫放於膝上，雙目微閉。看在鹿內眼中，他那模樣猶如鬼神一般。

「鹿內薰報到。」

（嗯？）

土方納悶地抬起頭來，眼中滿是狐疑。鹿內面如白蠟，猶如幽魂。

「怎麼了？」

「我、我一時大意……」

土方似乎已察覺出一股不祥之氣，但周遭隊員眾多，人人都在等候上場殺敵的時刻到來。土方考量到對士氣的影響，只說了一句「此事待會兒再問」，復又闔上眼。他暗自忖度。平野、神田兩人，想必是中途逃脫了吧。

時刻已到。

土方站起身。二十多名隊員也跟著起身。

「出動。」

他們迅如疾風地向前奔去。

土方先控制住面向鴨川的後門出口，再派人把守木屋町南北兩端，真正衝進丹虎的，只有他親自率領的寥寥數人，裡頭卻不見半個激進派浪人。

——原來是在三條小橋畔的池田屋。

土方立即將先前兵分三路的隊員，全聚集在丹虎大門口。由於是夜半進行，此舉耗費不少時間。這時候，朝池田屋而去的近藤與他率領的六名隊員，已衝進池田屋內，與二十多名聚集者展開勝負難料的激戰。

「看來，敵人在池田屋。」

土方如此說道，環視眾人，這時，他發現在眾人緊張的臉龐中，摻雜著一張不同表情的臉孔。那張臉浮現在寫有「丹虎」的屋簷燈下，似乎顯得格外寒冷。

（鹿內……）

土方如此暗忖，率領著隊員邁步疾奔。

位於三條小橋的池田屋裡，每個隊員皆化為厲鬼，全力廝殺。

局長近藤在寫信給他江戶的養父周齋時提到：

——由於對手皆抱持必死之覺悟，頑強抵抗，戰鬥歷時一個多時辰（現在的兩個多小時）。

戰鬥途中，在池田屋內外奔忙的局長近藤，每次遇見隊員，總會以「噢」「噢」的吆喝聲加以鼓舞。

他也曾多次遇見鹿內薰。儘管每次擦身而過的場所都不同，但奇怪的是，每次鹿內所在的地方總是不見敵人。最後一次遇見他時，鹿內甚至就像主動避不見面般，消失在黑暗中。

五

在襲擊池田屋之前，隊員平野、神田兩人，在上本能寺町的十字路口遭一群像是薩摩人的武士斬殺。關於此事，根據鹿內的供述，隊內決定不予追究。

──雙方交手後，他們兩人被斬殺。我方也殺了數名敵人。但由於木屋町的集結時刻迫在眉睫，不得已，只好放棄爭鬥，趕赴隊上指示的場所。

鹿內的供述無可挑剔。

然而，鹿內實在沒辦法一直這樣隱瞞下去。他受不了這樣的生活。

（我還是逃走吧。）

他下定決心。

他有小鶴在。

鹿內自己也發現，小鶴正不斷地改變他。先前在富小路的川越藩邸遭遇那群薩摩藩士時，如果是平時的他，一定會留在原地不走，就算寡不敵眾，也要和對手同歸於盡。

當真是中邪了。

他有小鶴在。

他有家庭、有孩子。起初鹿內完全沒察覺這對他的影響有多大。

原田左之助和他有同樣的境遇。但原田的個性與他迥異，非但沒有絲毫改變，甚至更加發揮他拚命三郎的本領。

（我原本就不該加入新選組。）

「我們逃走吧。」

他和小鶴商量。小鶴露出無法理解的神情。

「這樣要靠什麼過活？」

京都女人生性剛毅不拔。在皇城裡長大的女人，會喜歡男人，卻不會迷戀男人。因迷戀男人而殉情的這種離譜念頭，她們不曾有過。傳說一點都沒錯，小鶴就是鐵證。

「你是要我逃往陌生的藩國，重操舊業嗎？」

「不，我沒那樣說。」

鹿內沒想過這個問題。他也沒想過要逃往何處，要怎麼逃。他只想早日從新選組影響所及的京都、伏見、大坂逃離。

「我討厭鄉下。」

小鶴說，與其住在京都以外的地方，她寧可死了算了。有九成的京都女人在這種情況下，會說同樣的話。

「妳不想和我回故鄉嗎？」

「南部？」

小鶴微微驚呼。先前在祇園林的幽會茶店聽鹿內描述許多南部的事跡，的確是妙趣橫生。但看在小鶴眼中，南部是近乎異國的窮鄉僻壤，就是這種慶幸自己不是出生在那裡的幸福感，逗得小鶴巧笑連連。

「才不要呢。」

小鶴冷淡地應道。她已大腹便便，雙眼泛起黑眼圈。皮膚還是一樣白得有點可怕。

數天過去。就在池田屋那場廝殺後，新選組的編制大幅調動，這更令鹿內的心情跌落谷底。

隊內幹部的稱呼改變，改為組長、伍長、監察、武藝總教頭，廢除了原有的助勤制。大部分的助勤都成為新編制的幹部，唯獨鹿內薰除外。他貶為一般隊員。

原因不詳。他委婉向原田左之助打聽，這位新編制裡的第十隊隊長似乎這才發現，側著頭不解地說道：「原來上面沒有你的名字啊。」

但他旋即又笑著說：「可能是因為你太常和妻子膩在一起了。」

原田向來神經大條，不了解鹿內的心情。

不過，原田似乎還是頗為在意此事，親自向土方詢問。

「不知道。」

土方冷淡以對。原田只應了一句「這樣啊」，就不再多問，後來也就忘了此事。

然而，土方如此回答有其原因。近藤對鹿內極為嫌棄，罵他是「懦夫」。在新選組裡，這是具有致命性的評價。所以他才會被一把拉下助勤的位子。不過，土方並未向原田透露箇中原因。若是公開說鹿內是個懦夫，等同宣判他死刑。土方對這位沉默寡言、雙目俊秀的奧州武士，還保有一分情意。

——再給他一次機會吧。

土方心裡有這個打算。不過，他對隊員總是如石頭般面無表情，對鹿內同樣也是隻字未提。

慶應元年正月，小鶴平安產下一女，女嬰貌似鹿內，有對漂亮的雙眸。鹿內以人在故鄉的祖母之名替她取名為「加穗」，但小鶴卻認為土味太重，極力反對，轉為請一位認識的祇園神社神官替孩子命名，名喚「園」。鹿內卻不太中意。

慶應二年八月。

阿園這孩子長得快，才沿著牆邊走沒幾天，便已能放手行走，也已開始牙牙學語。鹿內疼愛有加。隊上馬上便傳出他溺愛孩子的傳言，人人對他投以不屑的目光。隊內全都是與幸福無緣之人，有了妻子，豈還能為國事捨命？也有人感到嫉妒，而且妒火還不小。再加上鹿內自從娶妻後，便在同伴間展現出無比卑微的窮酸樣。與「烈士」相配的昂揚志士精神，在不知不覺中正逐漸萎縮。

該年八月二十九日的夜晚。三條大橋畔的法令告示場所架設的幕府告示牌，被人塗漆丟棄在鴨川河原。這形同對幕府的侮辱。

告示牌上公布對「朝敵」長州人的緝捕要綱。「（前略）若發現有人潛伏逃匿，立即通報，可領取賞金。倘若有包庇之情事，一經查獲，視同與朝敵同罪。」

不得已，奉行所只好重新架設告示牌，但又再度被人塗漆丟棄。奉行所再次架設，又再度被毀損，令奉行所疲於應付，於是便委託新選組追捕人犯。

下手者為何人，可想而知。

不是對長州寄予同情的土州藩士，便是同一路的浮浪志士。根據附近居民傳言，對方有十數人之多。

「原田，這件事由第十隊處理。」

近藤與土方向原田左之助下令，除了第十隊的二十名隊員外，也從劍術師傅中臨時撥派池田小太郎、服部三郎兵衛、田中寅雄一同支援。土方還另外指名兩人前去。

「由橋本會助和鹿內薰擔任哨探，期待兩位的表現。」

就此立即以第十隊為中心，每晚展開警戒配置。

隊員分成三個班。

第一班藏身在三條小橋東畔北側的酒館內；第二班在大橋東邊的茶店內待命，把守大橋東西兩側；而擔任主力的十人，則由原田左之助親自指揮，坐鎮於先斗町町會所。

且說那兩名哨探，他們扮成乞丐，身上蓋著草席，坐在橋上。

數晚過去，平靜無事。每當夜深後，他們便停止監視，返回營區，待隔天日落後再進行監視。

九月十二日夜晚，京都的天空還留有幾朵浮雲，但稱得上是符合這個季節該有的晴朗夏夜。過了晚上十點，明月高掛中天，橋上明亮如畫。

這天晚上，鹿內蓋著草席，就坐在告示場的柵欄旁。懷中抱著一把短劍。

每當月亮被浮雲遮蔽，鹿內便鬆了口氣，抬起下巴。眼下只有黑暗保護著鹿內。浮雲散去。月亮殘酷地照耀著鹿內的身影。就在這時，南邊響起一陣嘈雜人聲，腳步聲順著磚瓦傳來。鹿內回身而望。在月光下，七、八個清晰的人影，正緩緩向他走近。

不久已來到鹿內身旁。

「原來是個乞丐啊。」

其中一人以微醺的口吻說道。事後才得知，他們全是棲身在河原町藩邸的土佐藩士，這八人分別是澤田甚兵衛、宮川助五郎、松島和助、藤崎吉五郎、安藤謙治、岡山禎六、中山謙太郎、早川安太郎，個個都帶有土佐人的粗暴剽悍，多次歷經刀光劍影的場面。

「乞丐，這個給你。」

銅錢落在橋面上，發出清響。鹿內薰這時本應站起身才對。他應該快步衝向一旁先斗町町會所的陣營，報告此事。這正是鹿內背負的任務。事實上，他想站起身，無奈臀部就像被橋面給吸住似地，無法離開。

他全身顫抖。

（小鶴……）

小鶴的臉龐浮現，倏又消失。然而，當阿園那幼兒肌膚特有的酸甜氣味盈滿鹿內鼻端時，他心想——我絕不能死。只要現在站起來衝回去通報，這群土佐藩士將會被團團包圍，砍成肉醬。

好在有另一位勇者。

他正是橋本會助。這名自水戶脫藩的第十隊隊員，以巧妙的裝扮，不疾不徐地邁著步子，朝正準備越過告示場柵欄的土佐藩士打招呼道：「今晚月色真美呢。」就此從旁走過。回先斗町陣營通報的，正是橋本會助。

原田率領隊員出動。

雙方展開一場激戰。

八名土佐藩士全力應戰。才一轉眼的工夫，新選組的伊藤浪之助便被人斬斷拳頭，手中長刀就此脫手。不過，在小橋酒商店內待命的第一班，以及守在大橋東側茶店的第二班，旋即趕來助陣，聚集成二十多人的大陣仗，而且幸運的是當晚月光明亮，隊員個個爭先殺敵，土佐藩士藤崎吉五郎命喪原田左之助刀下。安藤謙治負傷逃逸，但最後抱持必死的覺悟，在河原町的路上切腹自盡。宮川助五郎全身挨了數十道刀傷，最後在亂刀下昏厥被縛。其他人則是身受瀕死重傷，紛紛躍向河灘，往南北逃散。

新選組方面只有數人身受輕傷。

翌日，京都守護職會津中將派使者前來，頒發感謝狀，對表現傑出者予以褒獎，受傷者也都獲贈慰問金。原田左之助等四人各得二十兩，其他五人各十五兩，另外兩人各得七兩二分，其他隊員也獲贈賞金千疋★。

橋本會助得賞金十五兩，當然是當哨探立了大功。

鹿內薰則是沒人聞問。

「士道不覺悟。」

事件發生數天後，近藤向土方如此說道。

「這樣啊……」

土方望著地面。士道不覺悟這句話，已不是批評。在新選組的紀律中，這是最嚴厲的處罰。切腹、斬首、暗殺，當中的某一項處分，正等著受處分者。

「你怎麼看？」

「嗯……」

土方正在思索。他並非在思考如何解救鹿內。從鹿內薰被斷定「不覺悟」的那一刻起，便已從新選組中除名。接下來的問題，是該由誰來斬殺這名與新選組無緣者。

「原田。」

土方將左之助喚至自己房間。

「你的隊上有位懦夫。若不解決他，隊綱會隨之敗壞。」

疋：為錢幣的單位。

「您指的是誰？」

原田當然心知肚明。但他有妻子，也有個名叫「茂」的兩歲兒子。他也逐漸明白世人本是如此痴愚，如果可以，他想救鹿內薰一命。

「原田，你不知道是誰嗎？」

「……」

「他就像你一樣。我認為你應該知道，不過，要是你不知道也沒關係。第十隊的士道不覺悟，我就不再追究了。」

「土方先生，別這麼說嘛。」

原田不知所措地站起身。依照土方的說法，要是原田敢說不知道，那他自己就會像鹿內一樣淪為士道不覺悟。

「我會收拾鹿內。」

「好在你明白。你應該也明白我挑選你去對付他的用意吧。」

「嗯。」

原田就此退下。土方挑選他下手，想必意思是要他別重蹈鹿內的覆轍。土方曾經說過：

「新選組和思鄉之情，兩者水火不容。」

意指像家庭這種世俗人情，會令新選組腐敗。

「我去巡邏。」

原田回到第十隊後，如此說道。

「橋本會助、鹿內薫，你們和我同行。」

「是。」

橋本會助站起身。他已明白原田的含意。鹿內也一同起身。

來到祇園的石階下，原田左之助這才開口對鹿內說道：

「上去吧。」

夜幕降臨。

穿過院內往東而去，有條路從真葛原通往祇園林。原田知道這時候已無人蹤。

不久，三人已站在林中。

「鹿內，你也是個武士。今天這趟巡邏有何用意，你應該猜得出來才對。拔刀吧。」

鹿內為之一驚，手按刀柄。他感到恐懼。就這樣抱持著恐懼，被原田一刀砍向右肩，轟然倒地。

他還隱約留有意識。

他想起一切都是從這座森林開始。

「橋本，你給他最後一擊。」

橋本會助白刃一閃，垂持長刀。鹿內躺在地上，雙目圓睜，望著刀尖步步朝他逼近。不久，刀尖沒入他的胸膛，一切就此結束。

三條河灘的刀光劍影

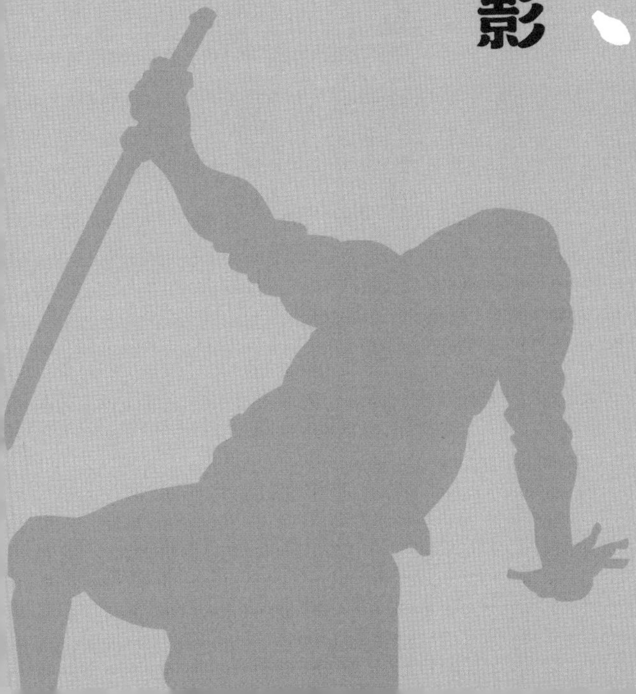

一

芸州浪人國枝大二郎當初入隊時，正是新選組從壬生移往西本願寺堀川旁暫時設營的時候。新進隊員立即被安頓在西本願寺太鼓樓一樓的大廳裡，能自由地在院內四處行走。

（真雄偉。）

這是他對本願寺的感想。

他繞往黑書院。

這裡並未被新選組徵用。這座宏偉的建築，是昔日秀吉的伏見城遺跡。

國枝大二郎出生的芸州，俗稱安芸門徒，是相當盛行本願寺教義的地方。他的祖母也是位虔誠的修行者，所以國枝大二郎受其感化，對此頗感興趣。

（不愧是總壇。）

他走在黑書院漫長的外廊上，望見走向庭園的階梯處，有一名老人在曬太陽。走近一看，原來是名武士。正坐著打盹。

（可能是寺裡的武士吧。）

不過，此人長得一臉鄉下人模樣。黝黑的臉，配上農民般的層層皺紋，留著總髮的髮髻略顯花白。他有顆碩大的腦袋，鼻子塌扁、人中頗長，一副悠哉的長相。身穿簡陋的棉服。

不久，老武士睜開眼，神色倨傲地說道：「你是新選組的人對吧。」

大二郎意氣昂揚地應道：「正是。」

但他赫然發現這名老武士的鬢角有很深的面具磨痕，就此略微收斂態度。本願寺的家老是下間筑前守。在他們這群寺內武士中，也會有劍術精純的人物嗎？

「敢問您的流派為何？」國枝大二郎問。

老武士卻以迷糊的口吻回答：

「淨土真宗。」

「不，我問的是劍術。」

「哦，你問的是劍術啊。我跟小師傅以及阿歲，是出自同一個流派，不過，我可能是資質太差的緣故，劍技糟糕透頂。」

（小師傅？）

他說的話極為古怪。大二郎覺得不可能，但還是決定問個清楚。

「恕我冒昧，莫非閣下不是本願寺的坊官，而是隊裡的前輩？」

「是啊，我是隊上的人。」

「這……」

國枝大二郎急忙起身。他心想，自己犯了新人常犯的錯，神色狼狽地說道：

「在下失禮了。」

他連對方的大名也沒問個清楚，便迅速離開。事後才發現自己背後因為冷汗而濕了一大片。

一般隊員全聚在大廳裡。幹部們鮮少會到這裡露臉，唯一例外的，就是第一隊隊長沖田総司。他似乎覺得待在個人房裡太過無聊，所以常到擠滿一般隊員的大廳裡湊熱鬧。

沖田個性灑脫，所以和每個人都聊得起來。

「沖田師傅。」

大家都這樣稱呼他，但沖田總會回答道：「請別叫我師傅。」

沖田総司號稱新選組首屈一指的天才劍客，今年才二十二歲左右，比國枝還年輕。

國枝向他打聽那名老人的事。沖田似乎想不出對方是誰，側著頭說道：

「咦？對方多大歲數？」

「不知道，可能有六十歲吧。」

「別開玩笑了。就連近藤師傅也才三十二、三歲而已。新選組裡才沒有這種老頭呢。」

「可是他說自己是隊上的一員，還說和小師傅、阿歲屬同一流派……」

國枝不懂對方口中的小師傅和阿歲所指何人。但沖田一聽到這裡，立刻放聲大笑。

「我懂了。是井上源三郎先生。不過，他可真過分，光是你剛才那句話，就違反了隊規，罪該切腹呢。井上先生也不是六十歲的人。雖然他算是隊上的老大哥，但也才四十三、四歲。不過，說他像六十歲，還真是貼切呢。」

「真對不起。」

「不用跟我道歉，是井上大叔自己不對，誰叫他看起來那麼老。」

沖田叫他大叔。言談間帶有一股親如手足的溫情。

「原來是井上源三郎先生啊。」

「沒錯，第六隊的隊長。」

國枝大吃一驚。這麼說來，對方可是位大幹部呢。

（那名看起來像老農夫的男子……）

二

國枝大二郎的職務配置已定，擔任隨行侍衛。這個角色又稱做「小姓」，實戰時為近藤的旗本，平時則是擔任近身護衛的工作。

自然有不少與幹部接觸的機會。

先前提到的第六隊隊長井上源三郎，也會弓著背來到局長的房間。井上常稱呼近藤為「小師傅」，近藤對井上源三郎的態度似乎也特別不同，總是格外親切。有時聊到家鄉事，近藤還會說：「井上兄，真想吃老家的納豆啊。」

副長土方歲三也一樣。雖然隊上人們都說：

——他就是韓非子所說的酷吏。

但就連他這種人，對井上源三郎也特別客氣。

（看來，他也算握有相當的勢力。）

國枝大二郎如此暗忖。但仔細觀察後，似乎又不像那麼回事。

儘管井上源三郎在局長和副長面前備受尊重，卻不顯一絲傲慢，也從不沾惹隊上的政治。最重要的是，此人少言寡語。

說他超然灑脫，聽起來似乎煞有其事，其實他還沒到仙風道骨的境界。簡言之，看起來就像個老農夫。

（這個人很有意思。）

在走廊上與他擦身而過時，國枝大二郎客氣地向他低頭行禮，井上源三郎則像是在田裡忙完後伸直腰似地，一副陡然憶起的模樣道：「啊，是你。」

「你曾經問我是哪個宗派對吧？」

一副迷糊樣。

「不，當時我是想請教您的劍術出自哪個流派。先前不知您是井上師傅，多所冒犯。」

「原來是這樣啊。」

井上莞爾一笑，就此離去。

（真是個怪人。）

國枝暗自覺得好笑。

新選組內，出動的部隊共有十隊。每一隊的指揮官都是沖田総司、原田左之助、藤堂平助、永倉新八、齋藤一這種朝氣蓬勃的劍客，那名老人竟然也能混在裡頭，指揮第六隊，此事令國枝頗感訝異。

（他到底是個怎樣的人呢？）

他對此很感興趣。

有位和他同為局長隨行侍衛的前輩，名叫福澤圭之助，為常州鄉士家的次男。此人日後昇任伍長，見多識廣。

「你想了解井上先生是吧？」

他就此向國枝娓娓道來。

簡言之，新選組可說是源自於武州南多摩農村的天然理心流劍術道場。土方、沖田也是此一流派的門人，局長近藤勇正是道場主人。

「近藤師傅依照流派的道統，接任第四代掌門人。」

第三代掌門人為近藤周助（退休後改稱周齋）。近藤勇十六歲那年，受周齋賞識，收為養子，於二十五歲那年繼承一切道統。

這名第四代掌門人充分展現武州鄉下流派的特色，舉辦了一場轟轟烈烈的戶外比武大賽。地點是府中驛站神田神社境內東邊的廣場。時為安政五年。

這場戶外比武分為紅白兩軍，紅軍的主將為御嶽堂糺，白軍的主將為副長土方歲三的姐夫佐藤彥五郎（日野驛站之主）。

近藤當然不屬於任何一方，他扮演陣營主帥的角色，威嚴十足地率領著旗本、軍師、軍奉行、軍目付等人，裁定比武的勝負。

有上百名門人參加這場戶外比武。

副長土方當時二十四歲，為紅軍主將的旗本之一。沖田総司當時為年僅十五的少年，擔任近藤陣營的擊鼓手。

井上源三郎這名老人，當天以陣營敲鈸手的身分出場。

「哦，敲鈸手……」

國枝大二郎心想，這並不是什麼奇聞逸事，一時覺得意興闌珊。簡單來說，那場比武賽是以少年沖田的擊鼓開始，以老人井上的敲鈸結束，如此而已。

「然而……」

福澤圭之助道：

「前些日子我陪同近藤師傅前往江戶時，在周齋師傅位於牛込二十騎町的宅邸裡翻閱早年的門人名冊時，赫然在弘化元年的名冊裡，發現井上源三郎先生和他哥哥井上松五郎一俊一同名列其上。若以年齡推算，當時近藤師傅十一歲，土方師傅十歲，兩人當然都尚未入門。就連沖田先生也不知道出世了沒。」

（原來如此。）

這麼說來，源三郎可算是近藤、土方、沖田等人的老前輩。也許他們入門時，還曾經受過源三郎的劍術指導呢。

不過，源三郎的劍術資歷雖深，劍技卻始終不見長進。後進的近藤被師傅選為養子，土方擔任代理師傅，沖田総司這位罕見的天才，才十幾歲便取得奧義真傳，但源三郎都已年過四旬，卻只獲得普通的劍術認證。

但他仍未放棄劍術，默默擔任道場內的修業弟子。

當初近藤一行人前往報考幕府的浪士召募時，基於對前輩的尊重，也曾向他詢問。

——井上先生，您可有意願？

本以為他會回絕，沒想到他竟然一口答應，就此默默跟隨來到京都。從這點來看，他的個性就像是個勤奮認真的佃農。

新選組成立後，近藤和土方讓他擔任助勤（軍官），改變隊上制度後，指派他擔任第六隊隊長。當然了，這麼做也是基於晚輩的情分，但源三郎也默默接受這樣的安排。

元治元年六月的池田屋戰役，井上也參與其中。想必表現乏善可陳。事件發生後，近藤寫信給養父周齋以及故鄉的同伴，信中提到土方、沖田、藤堂等人的英勇，但對井上源三郎卻隻字未提。

井上源三郎與國枝兩人的關係急速變得密切，是慶應元年七月的事。

因為國枝被解除局長隨行侍衛一職，改編制到井上源三郎的第六隊。

「哦，原來是你。問我是哪個宗派的那位。」

井上一臉懷念地說道。

被編制到隊上後才發現，井上的第六隊在新選組的用兵調度上，似乎一直被當做預備隊。隊員都是三流劍客，雖然也會固定到市內巡邏，但搜捕重要角色時，則常奉命在營區內留守。

近藤和土方常用的是第一隊、第二隊、第三隊、第八隊、第十隊，自隊長以下，配置的都是劍術精湛的高手。

沒出外巡邏的日子，在營區的道場練劍，算是隊務之一。

關於井上源三郎在壬生營區時代的相關事蹟，子母澤寬先生於昭和初年拜訪京都壬生的八木家（壬生鄉士之家，曾是新選組的住所之一）時，從當時仍健在的八木為三郎先生口中得知以下的逸聞。

（前略）沖田常和附近的保母以及我們（為三郎氏）這些孩子，在大路上玩捉迷藏，或是在壬生寺境內東奔西跑，以此玩樂。這時，有個叫井上源三郎的人走來，沖田便問他：「井上先生，你又來練劍啦？」

井上一臉不悅地應道：「既然你知道，又何必問呢。」

井上當時已年過四旬，生性寡言，是個好好先生。

隊員在練劍時，不受所屬小隊的限制，一律接受上級任命的劍術師傅指導。劍術師傅統領分別是沖田総司、永倉新八、池田小太郎、田中寅雄、新井忠雄、吉村貫一郎、齋藤一。

但他們都忙於隊務。

結果，身為一般劍術師傅的井上源三郎，只要非輪值時，都會上道場指導練劍。

——這種人最值得信任。

近藤似乎常這麼說。

說起來，他就像是名佃農，不必下田耕種的雨天，也會在倉庫裡搓繩，全力報效主子。

但劍術並非搓繩。

年紀老邁、資質平庸的井上源三郎，就算站在道場上擔任劍術師傅，也不時會被年輕氣盛的一般隊員重重地擊中護手，就此竹劍脫手。這時，他總會以奇怪的聲音喚道：「噢～噢～」

那是由衷的讚嘆聲，意思是佩服佩服，甘拜下風。

因此，擊中他的年輕隊員，也不會就此對他存有輕蔑之心，反而是被井上敦厚的人品所感動。

副長土方很替井上源三郎擔心。指揮者敗在一般隊員手中，日後領導統御可能會有困難，這正是土方擔心之處。

「井上兄，非輪值時，你大可不必固定上道場報到。有時也不妨讓自己休息一下，你覺得呢？」

土方曾出言提醒。但井上不懂其言外之意。

「沒什麼啦，歲兄。我上道場指導劍術，已經很多年了。」

國枝大二郎不曾接受井上的劍術指導。因為他有所顧忌。

（萬一我比他強的話……）

他害怕這種情況發生。國枝稱不上什麼高手。他只在利方得心流這種流傳於中國◎地區的居合拔刀術方面領有奧義真傳，但在劍術方面，卻只達到中西派一刀流的「假名字」，離「指南免狀★」的最高位階還差了三階。劍技仍有待加強。

但是國枝看過井上源四郎運使竹劍的笨拙模樣後，覺得自己還比他強。

「宗派兄。」

◎中國：日本地區名。

★指南免狀：共有八個位階，分別是小太刀、刃引、佛拂刀、目錄、假名字、取立免許、本目錄皆傳、指南免狀。

隊長井上都是如此稱呼國枝大二郎。那是農民常用的調侃方式。

「我很忙，沒機會指導你練劍，不過，改天我會好好指導你。」

「謝謝您。」

其實國枝在道場裡一直刻意躲避。但井上卻是打從心底感到歉疚。

（他真是個好人。）

因為井上不是個有能力的指揮者，所以也有不少隊員討厭他，但國枝大二郎卻甘願為他捨命。

若從旁看井上源三郎的劍術，會發現他的步法有缺陷。

他左腳往前踩得太牢，而且大腿過開。國枝大二郎所學的中西派一刀流，稱此為「橦木足」，是很嚴重的忌諱。因為這樣無法自由進退，施展不出身手。

某天，國枝前往道場，道場內沒什麼人，他看見井上源三郎穿著護具，百無聊賴地坐著。

（不妙……）

才剛這麼想，井上便喜孜孜地站起身。

「宗派兄，來活動活動筋骨吧。」

「是。」

不得已，國枝只好開始準備。他們兩人當然都沒料到，這會成為日後引發軒然大波的導火線。

兩人展開對峙。

井上馬上一劍朝面部襲來。國枝抵擋不及，挨了一劍。

（井上先生挺行的嘛。）

國枝甚為欣喜。因為落敗太過高興，他開始大步展開攻擊。擊中井上的身軀。

那是至為剛猛的一擊，令井上源三郎為之踉蹌。儘管國枝心裡暗叫不妙，但接下來還是全力以竹劍攻擊，渾然忘我。

井上畢竟經驗老道。看起來雖然不夠靈活，但比起國枝，他的動作反而較不拖泥帶水。國枝一再中劍，隨著疲勞的增加，逐漸顯現出兩人力量的差距。他想收手，但井上卻在面具中說道：「還沒完呢。」相當執拗的一場練習。而且井上動作頻頻，一再出劍擊中國枝。

（我不是他的對手。）

最後國枝打得兩眼發黑，但井上還是不肯停手。

國枝漸感惱火。

他使出捨命一擊。不管對方如何出招，一味地踏步向前，巧妙地搶近對手身邊。他擊中井上臉部和身軀，並兩三度刺中他咽喉。

但因為過於疲憊，擊中的力道並不重。說起來，只算是三流劍術。儘管只是三流的劍術，但井上或許也累了，接連中劍。

這時，有個人站在格子窗外看熱鬧，出言嘲諷。

——好精采的表演啊。

事後打聽，對方似乎說了更難聽的話，但當事人井上和國枝並未聽見。待練習結束，返回值班室後，留在道場內的隊員開始議論紛紛。

——闖進了一個狂妄的傢伙。

一問之下得知，在這警備鬆散的本願寺境內，有兩名來路不明的浪人，站在道場旁往裡頭窺望，並朗聲嘲笑。

——原來新選組就這麼點程度啊。

對方似乎撂下此等狂語。路過的隊員上前盤問，對方這才慢悠悠地朝阿彌陀堂走去。

（是隊上的客人嗎？）

隊員如此猜測，並未追上前去。然而，當時隊上並沒有外來的訪客。

——有可疑分子入侵營區。

監察部開始引發一陣騷動。既然是揶揄隊上的劍術，便不能坐視不管。

對方為肥後口音。

說到對方的模樣，一人身材高大，右鬢有一道三寸長的刀疤，衣服上印有三星家紋，另一人無明顯特徵，年約二十四、五歲，家紋頗為特殊，為兩把交錯的斧頭，相當罕見。

在道場的格子窗遭人揶揄的事件，早年在壬生營區也曾有過一次，但在新選組以武力平定京都治安的現今，在營區方圓五十步之內，已無任何武士敢靠近。

副長土方相當在意此事。此事關係著新選組的名譽。儘管目前只是在寺院裡暫住，但這樣如同是被人入侵主城一般。

「仔細調查。」土方向監察下令：「另外，當時在道場練劍的是誰？」

對土方而言，原本這並不是什麼重要的問題。他只是順便問問。

監察吉村貫一郎已調查過此事。他過去是盛剛的浪人，素以武藝聞名。

「是井上師傅和國枝大二郎。」

他臉上泛起略帶輕蔑的淺笑。

土方沉默不語。

吉村敏銳地察覺出他臉色有異。仔細一想，井上源三郎和局長、副長屬同一流派，又是同鄉，而且過去還是同門師兄弟。想必會顧念私情，有所偏袒。

「出言誹謗者，應該是諷刺國枝劍術不精吧。」

土方瞪了吉村一眼。隨便敷衍幾句就想瞞過土方，可沒那麼容易。

「辛苦你了。」

遣回吉村後，土方前往井上的房間。只有同房的沖田在場。

「総司啊。井上兄人呢？」

「他在住持房舍後面的水井那裡。」

天色將暗。土方提著燈籠繞往該處查看。

有名男子將燈籠擱在井邊，藉著燈光洗衣。正是井上源三郎。

土方面露慍色。這不是新選組第六隊隊長該做的事。

「井上兄。洗衣這種事，何不交給隊上的雜役做呢。」

「原來是歲兄啊。」

他黝黑的臉龐轉向土方。

「我交給他們洗過了。可是我自己洗還比較乾淨。」

他很愛乾淨。而且洗衣技術絕佳。昔日在江戶小日向柳町的破道場裡生活時，土方也曾和這位前輩一起在井邊洗衣。

「不過，夜裡捧著衣物在井邊偷偷摸摸的，可沒辦法管束隊員哦。」

「是這樣嗎？」

井上之所以側頭思索，並不是要堅持己見，而是心想，既然聰明的阿歲都這麼說了，或許真是如此。

「另外，井上兄，關於之前那件事……」

「啊，給你添麻煩了。」

井上一臉愧疚地說道。

「哪兒的話。」

就某個複雜的層面來說，土方對這位老前輩的好脾氣感到生氣。

「井上兄，你何錯之有。只不過，那兩名闖入的不法浪人，非除不可。現在我已派監察在市內搜查，我打算由井上兄和國枝來收拾那兩名浪人。如果需要人手幫忙，我隨時可派人支援。」

「這是任務對吧。」

那就勢必得全力達成。井上露出這樣的表情，點了點頭。

土方與這位同門的老前輩井上，不管如何交談，最後總是沒有交集。他是基於武士的情義，特地賜他一個洗刷冤屈的機會。井上卻只是規規矩矩地點頭，當它是一項任務。

（他就是這樣的人。）

土方並不擔心，但略感焦急。

三

隔天起，井上源三郎便一直待在監察的房間裡，不斷催促監察。

「還沒查出三星紋和斧紋的出處嗎？」

監察共有六人，分別是山崎烝、篠原泰之進、新井忠雄、蘆戶昇、尾形俊太郎、吉村貫一郎。個個武藝一流，而且才智過人，所以井上此舉令他們無法忍受。

「井上師傅，就算你再怎麼催促，對方也不會馬上自己冒出來，所以請你先回去等候消息吧。」

他們很想對井上説「你這樣是在妨礙我們工作」。而井上也很想對他們説「這是任務」，遲遲不肯離去。

監察們已將人犯的通緝單交給所司代和町奉行所的辦案官吏，委託他們查辦。

除了等候回報外，別無他法。

另一方面，國枝大二郎每天都獨自在市內徘徊。

國枝無比悲痛。由於自己的學藝不精，害得整個新選組的劍技遭人譏諷。就連同僚也對他投以白眼。

（要是讓我遇上，就算不是對手，我也要宰了他們。）

但始終一無所獲，因為這就像大海撈針。對方是浪人，還是有身分地位的藩士？如果是藩士，又是哪個藩邸的人？要是能知道這些線索就好了，但他連對方是何長相都不清楚。

除了衣服上的家紋外，還有一個有力的線索——對方帶有肥後口音。

他走過三條大橋東側，從西邊的人家開始查起。

有家小旅館，名叫「小川亭」，不少肥後藩士住在這附近，所以這裡同時也是肥後藩激進派人士的巢穴。在去年的池田屋事變中，遭斬殺的肥後藩尊王攘夷派重要人物——宮部鼎藏、松田重助等人，都是以此為據點，在京都市內出沒，此事在新選組無人不曉。老闆娘理世、媳婦阿貞，為人都相當可靠，池田屋事變發生後，諸藩的志士仰賴其俠氣，紛紛前來投靠，而她們也都很巧妙地加以藏匿。

——如果對方是肥後人，那麼，小川亭最有嫌疑。

聽過隊裡的人這麼說之後，國枝大二郎平均每天都會兩度從小川亭前經過。

就在八月的某天。

一個豔陽高照的日子。當天午後，當他以一副有急事要辦的步履，從小川亭前通過時，格子門霍然開啟，走出一名身材高大的武士。

（就是他。）

此人右鬢有一道刀疤。旋即又有一名雙眼細長、動作靈敏的男子，緊跟在刀疤男身後。刀疤男身穿一件沒印家紋的絽織短外罩，所以看不出其家紋，但跟在他後頭的男子，身上印有斧頭家紋。

斧頭家紋的男子朝大二郎瞄了一眼，但似乎沒認出他，與他錯身而過，和刀疤男有說有笑地走向三條大橋，往西而去。

國枝大二郎就這樣從旁走過，正巧在這一帶俗稱「弁天町」的住宅區一隅，遇見擔任隊上密探的線民，於是便命他尾隨。

「遵命。不過大爺，待會兒在哪兒碰面好呢？」

此人是個老手。他反過來指示大二郎在祇園的會所等候，就此離去。

然而，大二郎一直在約定的祇園會所等到日落，都不見那名線民前來。

（這就怪了。）

直到初更，他才知道那名線民已在先斗町的鴨川河原慘遭殺害，化為一具死屍。

國枝在町內官差的帶路下前往現場查看，確認是右肩一刀斃命。想到下手之人高超的劍技，他不禁渾身寒毛盡豎。

返回營區後，他向井上源三郎報告。源三郎不發一語，靜靜聆聽，接著馬上動手重新綁好裙褲的繩帶。

「您有何打算？」

「走吧，到小川亭去。」

「現在？」

眼下已近亥時（十點）。源三郎一副到附近田裡巡視的裝扮。沖田躺在床上，靜靜注視著他。

井上、國枝兩人步出營門。所幸東方天空掛著一輪彎月。

「入夜後還真冷呢。」

井上面朝月亮，走在六條通上，縮著身子。此刻就只有他們兩人要殺進小川亭，實在沒那股氣勢。

「我們不妨多方搜證後再行動，您意下如何？」

「我故鄉有句諺語，一見雜草就該拔。」井上源三郎說。

或許是故鄉一詞刺激了他的記憶，他開始以沙啞的聲音說起他故鄉的狸貓會在新月之夜出來晾皮毛的事，內容極其荒誕。

「狸貓就是如此珍惜自己的皮毛。」

「這樣啊。」

「那你猜狐狸會怎樣？」

「這個嘛……」

國枝大二郎一時不知如何以對。狐狸也會在新月之夜出來晾皮毛嗎？

「日野驛站的鎮守神社有個狐狸穴。這群狐狸的聰明是出了名的，牠們常到驛站外那家飯能屋買酒，還會乖乖付酒錢呢。」

「不是樹葉嗎？」

「你也這麼想吧？不過，那可是長有青銹的通寶★呢。」

「噢。」

「真的很聰明。土方兄的老家，有個叫源的佃農。他和我一樣叫源三郎，是個種芋

通寶：一般流通的貨幣。貨幣上印有「寬永通寶」四個字。

頭的高手。在當地的石田村，人們都叫他芋源。村落裡有條河川，名叫淺川。在淺川游泳的鄰村小孩，常去偷他的芋頭。源死後，那些孩子頂著芋頭的葉子，前來參加他的葬禮。村民懷疑他們是河童，個個覺得心裡發毛，但我認為他們不是河童。」

「為什麼？」

「因為我見過土方兄小時候也混在那群孩子裡頭。」

兩人來到松原通。

不久，他們走過鴨川河原上的三座木板橋，往東岸而去，沿著宮川町北上。

「對了。」源三郎猛然想起某事：「在衝進屋內殺敵時，刀要盡可能握短一點。」

「此話怎講？」

「兩手盡量握向刀鍔。避免攻擊臉部。因為那樣會劃破天花板，或是砍到上門框。要盡可能像這樣……」

「刀柄握短一點？」

「沒錯。然後要看準機會，轉為刺擊。若是沒能得手，就迅速收回，再刺一次。這是攻擊的訣竅，不過，雖然想得很周全，但一旦上場，恐怕不是那麼得心應手。」

井上源三郎擤了擤鼻涕。

兩人來到小川亭前。那是一間正面約莫四間寬的紅牆屋，牆面底部設有犬矢來★。

犬矢來：以彎成圓弧狀的竹子排成一列，斜斜架在屋子牆壁或圍牆底部。可以防止野狗撒尿或小偷攀牆。

井上源三郎撩起左邊裙褲的下襬。

「開門！」他敲著門喚道。

肥後藩士菅野平兵衛就睡在二樓。臉上有刀疤。

「好像是有人前來盤查。」

小川亭的媳婦阿貞上樓通報。

「我就料到他們會來。因為從晚上開始，就一直緊跟著我。」他神色從容：「對方是什麼人？」

「我只從格子縫隙瞧見人影，看不清模樣，好像只有兩人。」

「只有兩人？」

菅野側頭感到納悶，向一旁整裝準備的同藩藩士宇土俊藏說道：

「你趕快回藩邸去叫人來。我待會兒會出去。來者雖然只有兩人，但其實不止這個數。我看可能有十人之多。」

宇土俊藏從一樓後門躍向鴨川河原，像黑影般疾奔而去。緊接著，菅野平兵衛也跟著躍下。

這時，井上源三郎和國枝大二郎已衝上樓梯。

「床還是熱的。」井上對退休的理世道。

理世當時雖罹患痛風，但接待客人的工作還是沒放手交給媳婦做。

「還是熱的嗎？是您多慮了吧？」

她朗聲大笑，展現京都女人剛強的一面，巧妙地辯解。井上源三郎臉上明顯失去自信。

「這樣啊。」

「不，井上師傅，我們去後門看看吧。後門應該是一路通往鴨川河原才對。」

獨自留在鴨川河原的肥後藩士菅野平兵衛，藏身在小川亭的石牆下，已拔劍在手，靠在牆邊，沒有要逃離的意思。

菅野平兵衛是去年在池田屋遭斬殺的同藩藩士宮部鼎藏的小舅子，同時也是同門師弟。他得知宮部死訊時，心中忿恨不已，邀同志宇土俊藏一起上京。

——抱持一死的決心，向幕吏們報仇。

他們先混在參拜者當中，潛入西本願寺院內，故意佯裝在院內迷路，混進新選組的營區內，在道場周圍遊蕩，出言嘲諷後，便揚長而去。

他早已和肥後藩邸的人討論過，擬好要對會津藩和新選組採取的復仇手段。他剛才命宇土俊藏跑去通報，就是心裡早有這個打算。

菅野平兵衛在江戶修習過北辰一刀流，獲得奧義真傳。宇土俊藏也領有北辰一刀流的高階劍術證書。

此人渾身是膽。他想單槍匹馬阻擋新選組隊員，在援兵趕到之前全力奮戰。

——老闆娘，不好意思。

來到後門，井上源三郎如此說道。

「我想從後門到河原去。」

「您可真是辛苦啊。」

「請幫我準備五盞燈籠，還有梯子。」

不久，小川亭已備齊道具。

「您準備五盞燈籠要做什麼？」

國枝大二郎感到納悶。難道井上有何妙計？不過，井上源三郎應是不會出什麼奇招才對。

只見井上將五盞燈籠綁在梯子底下，點燃燈，沿著石牆緩緩放下。方圓十公尺之內的黑暗盡除，梯子緩緩落下。

（原來如此，真有智慧。）

或許應該說是資深隊員的經驗使然。

「如何？」

井上的聲音無比沉穩。

「宗派兄，你往下望。看看有無異狀。」

「好像沒有。」

「我先下去。」

井上源三郎以笨拙的動作緩緩走下樓梯。

五

沖田総司在井上出門後，也做好外出的準備，前往副長室拜會土方。

土方已就寢。沖田喚了一聲「我是総司」，便走進房內，以手中燭火點亮房內座燈。

土方見他身穿鎖子甲，大吃一驚。

「你怎麼半夜這身打扮。」

「我可不是自己要這樣穿的哦。都是你不好。」

「我?」

「還不就井上先生那件事。你說那種話,當事人聽了,一定會捨命以赴。」

「捨命以赴?」

「沒錯。就在剛才,井上先生帶著國枝大二郎前往肥後人的巢穴小川亭殺敵去了。我看他抱著必死的覺悟。」

「源兄一定不是對手。」

「雖然不是對手,但他就是這樣的人。他一定是打從心底覺得自己對不起隊上,所以才特地前去。」

「竟然有這種事!」

土方立即起身,板著臉穿上衣服。

源三郎這位前輩,只是近藤、土方、沖田的絆腳石,但若是殺了他,又無顏見江東父老。源三郎的哥哥松五郎、叔叔源五兵衛,個個都算是土方的遠親,而且都是在同一流派中獲得奧義真傳的前輩。當初離開故鄉時,他們還曾向近藤和土方這兩名晚輩懇託,請他們多多照顧源三郎。

「総司,派你的手下火速趕去。近藤先生和我隨後就到。」

沖田的第一隊就此出動。

土方帶著局長隨行侍衛福澤圭之助同行，前往近藤位於堀川七條南方的休息所。這原本是興正寺寺主的外宅，是一間別有公卿情趣的風雅宅邸。

（真不簡單。）

福澤圭之助心裡想的，不是近藤的休息所，而是區區一名平庸幹部的性命，竟能讓局裡的大幹部臉色大變，三更半夜展開行動。

新選組根本就不把隊員的性命當一回事。許多大有可為的人才，下場不是切腹、斬首，就是被暗殺。這樣的新選組，為了井上源三郎這種程度的男人，為何非得如此大驚小怪不可？

（這當中就是有這層關係。）

福澤圭之助早已看出。在新選組中執牛耳的，是天然理心流那群同鄉的夥伴。近藤、土方、沖田，還有井上。沖田和井上沒有政治天分，但只有他們才知道局內的機密。例如昔日近藤斬殺首任局長芹澤鴨，成為新選組龍頭時，參與暗殺行動的人，只有土方、沖田、井上三人，連一路從江戶跟隨而來的同志藤堂平助、齋藤一等人也沒參與。常州出身的福澤圭之助心想，新選組就是在這種強烈的鄉黨、流派意識下，才得以運作。

「什麼，井上先生他？」

近藤一走進房間便開口問道。神情狼狽之至。

「你派誰前去？」

「沖田的第一隊。」

「不行。加派齋藤和原田去。」

「我馬上辦。」

土方向福澤圭之助使了個眼色。福澤趕忙往營區奔去。

營裡的隊員才剛睡著就被叫醒，在走廊上東奔西跑，亂成一團。有人忙著整裝，有人握著短矛就躍向庭園，每位伍長各召集了幾名隊員，就準備往外衝，但根本不知道要去哪裡，有人還扯著嗓門大喊：「去哪裡？到底要去哪裡？」

大家似乎都以為事態嚴重。其實目的只有一個，就是前去帶回井上源三郎和一名剛入隊的隊員。不過，就連第三隊的齋藤一、第十隊的原田左之助也不知情。

「我們要殺進小川亭。地點是大和大路三條下。對手好像是肥後藩的人。」

原田朗聲說道，邁步前行。

「近藤、土方兩位師傅也會去。」

齋藤一如此告知眾隊員，鼓舞士氣。局長和副長一起到現場指揮，這是自池田屋事變以來未曾有過的事。當然更讓人感受到事態的重要性。

唯獨監察部的人感到納悶。如果要對小川亭展開如此大規模的搜查，事前應該會掌握到他們的活動才對。

「山崎，事有蹊蹺哦。」吉村貫一郎說。

聰明的山崎發現，在這場騷動中不見近藤和土方這兩名重要人物的人影。

「吉村兄，近藤師傅人呢？」

「聽說率領著沖田的第一隊，已趕往現場。」

「對方是肥後那班人對吧？」

「肥後那班人？」

吉村為之一驚。他之前奉命搜查此事，但一直沒進展。難道說，局長和副長握有其他情報，把監察部丟在一旁，自己趁今晚展開搜查？

「山崎，先到現場去看看吧。」

他們在馬廄命人備馬，兩匹馬並馳於夜裡的市街上。

六

當井上源三郎正準備將綁有五盞燈籠的梯子往下放時，以上的情況正如火如荼展開。

肥後藩士菅野平兵衛屏氣斂息，蹲踞在梯子底部附近。

井上正下樓梯下到一半。

菅野平兵衛站起身，同時抱住梯子，將它翻倒。

「啊！」

國枝在石牆上大叫。井上在黑暗中無聲地墜落。

有道黑影迅速朝他奔去。

井上站起身，旋即拔刀與對方對峙。那道人影刀法俐落地踏步逼近。傳來一聲俐落的呼喝。

水準遠在井上之上。

國枝咬牙縱身躍下。約莫有五間高。右腳根骨頭撞向河原的石頭，痛入心肺，一時無法站起。這時，菅野平兵衛已揮刀疾砍而至。

只聽見耳畔颼的一聲。

國枝也不知道當時是如何躲過那一刀。他連滾帶爬地閃躲，忘了右腳的痛楚。跑了約十步遠，便被某個東西絆倒。有個人倒在地上，是井上源三郎。

「我的腳好像骨折了。」源三郎道。

所幸菅野並未追來。兩人合力展開戒備。此時身邊已無燈籠，放眼所及淨是一片黑暗。

不久，下游、三條橋上，河堤上的大和大路一帶，傳來許多腳步聲。

國枝已有所覺悟。他此刻腦中只想著要奮力一戰，再親手一劍送刺死井上，讓他解脱。

他劍持八雙★。左腳踏在河原上，牢牢踩穩地面。肥後藩士菅野平兵衛擺出上段架勢，小心翼翼地逼近。

這時，雙方都聽見頭頂的小川亭一帶傳來的吵鬧聲響。防雨門被破壞，好像有大批人馬闖入。

菅野為之一驚。

（是藩邸來的援軍嗎？）

八雙：劍術架勢，左腳向前，手握刀柄置於右腋，刀身直立。

他抬頭觀看，這時，國枝揮刀疾斬。菅野揚起一刀，予以反擊。國枝勉強以刀鋒擋架，但對手身材高大。國枝頭部被劃出約一寸寬的刀痕，挨了一記宛如被痛毆般的重擊，皮開肉綻，鮮血狂噴，沿著眼、臉頰、鼻翼淌流。

（我中劍了嗎？）

再來只好使出捨命一擊了。國枝踏步向前，一再揮刀斬落。但始終沒有斬中的感覺。當他猛然回神，已不見菅野平兵衛的人影。

國枝直挺挺地倒臥在幽暗的河原上，失去意識。

從三條大橋東側飛躍而下，在河原上疾奔而來的人馬，是沖田総司率領的隊員。而從下游繩手河堤躍向河原的，則是肥後藩的十二名壯漢。

當時原田左之助率領的第十隊人馬，已踹破小川亭的大門，來到後門口。

沖田隊與肥後藩士衝向彼此，在河原上一團亂戰，時間應該比原田他們來到小川亭後門稍晚些。

「你們是哪一藩的人？我們是新選組。」沖田在黑暗中朗聲說道。

這名性急的男子，當他如此叫喚時，已斬殺了一人。

對方並未報上藩名，想必是不想給藩內添麻煩。不過，今晚來到河原上的武士，雖然都住在肥後藩邸，卻以來自各藩的脫藩浪士居多。

黑暗中陡然傳來一陣血腥味。有名沖田隊的隊員命喪肥後藩的人馬刀下。黑暗中難以分辨敵我。

沖田吹響哨子，命隊員後退，逐一清點敵人的數目。

「十一人。」

數完後，他命己方人員按兵不動，自己單槍匹馬衝進敵陣中。想必是認為自己單獨行動比較方便吧。

同一時間，敵人已往下游方向潰散。他們並非被沖田打得往後潰逃，而是因為原田左之助的小隊從小川亭後門舉劍朝這裡挺進。

肥後的人馬雖然往後逃散，但仍不時有幾名武士停下腳步，斬殺新選組的隊員。原田底下有位盛岡藩的脱藩浪人，名叫佐原銀藏，便是在這時候身中二十多處刀傷而斃命。

原田不斷咆哮道：「包圍他們！包圍他們！」

敵人這時害怕被包圍，一哄而散。一名肥後的武士對上原田揮得虎虎生風的大刀，當場被斬去一臂。

「撤退！」

肥後這邊的菅野平兵衛哭喊似地大聲下令，一面下令一面逃命。

「別追了。他們好像是肥後藩的藩士，日後會惹來無謂的麻煩。」

原田命組員停步。這時，沖田隊將骨折的井上源三郎和國枝大二郎兩人抬至門板上。

在返回堀川的路上，國枝悠悠醒轉。頭部的裂傷已經止血。

當晚新選組方面有三人喪命、三人重傷、五人輕傷。其中一名死者以及三名重傷者，似乎是在黑暗中被同志誤傷。

天尚未明，他們已返抵營門。

局長隨行侍衛福澤圭之助，於本願寺太鼓樓前的護城河石橋旁迎接返回的隊員。

死者和傷患先被扛進營內。隊伍的最後面，則是以門板扛運的井上源三郎與國枝大二郎兩人。福澤圭之助不自主地提著燈籠湊近查看他們是否還活著。

「是福澤嗎？」

井上躺在門板上，以充滿活力的聲音說道。隨後被扛進的國枝大二郎，則是睜著一雙大眼，凝望著滿天星斗。

（有三人陣亡是吧。）

近藤與土方為了解救天然理心流的同門，付出這樣的代價。

井上還活著。

福澤心裡覺得隊員死得不值。

然而，井上源三郎終究也在數年後過世。明治元年戊辰一月三日，在鳥羽伏見之戰中，他中彈身亡。當時新選組的總指揮官土方歲三，在流彈交錯中親自為他纏上繃帶，源三郎在他臂彎中嚥下最後一口氣。死相頗為安詳。

海仙寺黨異聞

一

沖田総司率領的第一隊，有位伍長名叫中倉主膳，昔日為甲州浪人。

「主膳是吧。」

人們以不屑的口吻說道。

他人品並不壞，但絕不會為朋友兩肋插刀。只要是為了自己的利益，他便會兩眼發亮，緊守不放。對利益的執著全寫在臉上，他就是這樣的人。

他向來風評不佳。

「他絕不是什麼壞人。」

如此多方替他辯護的，只有巨麻郡鄉士出身的長坂小十郎，因為兩人同藩。事實上，中倉主膳從未向人借錢不還，不會道人是非，也不曾給人添麻煩。

不過，不曾給人添麻煩，在這個不怕死的集團裡，稱不上什麼美德。倒不如說，正因為他沒有缺點，所以才惹來人們白眼，認為他執著於個人利益、不討人喜歡，這樣反而是一種惡行。

「他絕不是什麼壞人。」

就連替他說話的長坂小十郎，心裡也不認為中倉主膳「是條好漢」，只因他們昔日同藩。中倉主膳與他同屬甲州人，而且同郡同鄉。當初小十郎是在主膳的介紹下才加入新選組，所以對他有一分情義，如此而已。兩人甚至未曾一同喝酒。

——後來發生了一件意外的變故。

慶應二年正月三十日，當時局長近藤前往芸州廣島洽公，留守的副長土方歲三代為統管隊員。

——局長不在這段期間，請各位要更為嚴格遵守隊規。就算再小的罪行也不許輕犯，請各位牢記在心。

土方召集眾隊員如此宣布。土方此人言出必行。營內的氣氛，反而變得比近藤在營時更為嚴肅。

時機不對。

就在那天傍晚。中倉主膳仿如全身淋上朱漆般，一副駭人的模樣，跌進花昌町——七條堀川不動堂村——的長屋門★內。

「你怎麼了？」

數名非輪值的隊員趨前關切。

長屋門：武家宅邸的大門樣式。門的兩側為長屋，家臣或下人就住在長屋裡。

「叫大夫，請幫我叫大夫來。」

中倉自己大聲叫道。他旋即被人架進長屋門內，隊上的雜役跑去請外科大夫，但在治療的過程中，中倉不斷喊痛，模樣極為難堪。

「什麼？中倉他……」

土方接獲監察山崎蒸的報告。像這種事件，他早習以為常。

「傷勢如何？」

他神色平靜地詢問。

「照傷勢來看，命是保住了。」

「不，我問的是他中刀的部位。」

「從右肩胛骨到背脊一帶，有一道五、六寸長的刀傷，傷得不深。」

「背後是吧。」

山崎頷首。

土方面露惱色。

據中倉主膳的説詞，他是從八條坊門通返回營區，行經鹽小路的土橋時，被人背後偷襲。由於是晚上，而且當天也沒月亮，他才會一時大意遭人暗算。

「那麼，中倉有解決砍傷他的對手嗎？」

「聽說他有追向前去，但是讓對方給逃了。」

（這應該是謊言吧。）

土方單邊嘴角泛起冷笑。

如果他有追趕敵人的鬥志，返回營區後，就不會為了那麼點傷而大呼小叫，不顧臉面。想必是看到自己流血，大受驚嚇，什麼也沒想，便一路逃回營內。

——這下他得切腹了。

隊內眾人都這麼想。隊規規定，在市內私鬥受傷，而且還讓對手逃脫，必須切腹謝罪。不過，得依情況而定，未必一定會受罰。

「山崎，為了謹慎起見，你去調查一下吧。」土方說。

然而，山崎等幾名監察還沒來得及展開調查，隊員間便已流言四起，對主膳極為不利。

——他是在情婦家遭人砍傷。

主膳有名情婦。此女雖有個可愛的名字「小夜」，卻是名飄泊不定的修行者。從七條坊門通往南走，有戶農家的別房，就是主膳金屋藏嬌之所。這並未觸犯隊規。因為伍長以上身分者，在營區外擁有個人的休息所，向來是默許的行為。

事後才得知，當天中倉主膳到小夜的住處過夜，從後院的柴門進屋。小夜急忙向前迎接。主膳走進客廳，背對著壁櫥而坐。

說句題外話，關於小夜這個女人，長坂小十郎在主膳的休息所與她有過一面之緣。聽說她出生於美濃加納城下，曾在備後福山當過旅館妓女，真實身分不明。因為她曾在京都當過修行者，所以至今仍是短髮。她膚色黝黑、身材清瘦，但雙眸明豔動人，是名好色女。而且聲音悅耳動聽、口才便給。

——喂。

主膳望著自己的膝下，感到納悶。小夜早已備妥晚膳。有一尾燉魚、一壺酒、兩個酒杯。

「我很機伶吧。」

小夜開朗地笑著。

「我早就想到你今晚會來。我去拿筷子來。」

「這樣啊。」

主膳動作窮酸地將魚翻面。魚的另一面，已被吃得只剩下骨頭。

「喂——」

主膳一把握住小夜的右手。

「好痛。你幹什麼！」

「這是怎麼回事！我老覺得妳最近不太對勁。想解釋的話，趁現在快說。」
「你別瞎猜好不好。我剛才是想讓你聊得開心一點，才那樣說的，其實這是我送給街角那家園藝店吃的飯菜。」
「鬼扯！」
主膳想將她推倒。小夜巧妙地甩開他逃脫。
「哇！」
發出這聲大叫的人，是主膳。
他嘴巴張得老大。接著往前倒臥，一臉撞向塗滿黑漆的餐盤。
他背後有一道刀痕。
鮮血飛濺。
同一時間，從壁櫥裡竄出一名武士，提著淌血的刀，越過主膳的身軀來到土間。
「小夜，這傢伙活不成了。我們快逃。」
主膳胸口的重量壓垮了餐盤。他眼前一片漆黑，正步步走向死亡邊緣。他死命地呼喊著：「叫大夫、叫大夫來！」
農家主屋的住戶，以及後面工匠長屋裡的人，全都聽到他的叫喊。附近的居民都知道小夜有名姦夫，常來找她廝混，早料到會有這麼一天。

但他們害怕打殺的場面，個個都不敢作聲。直到新選組監察部的雜役前來查問，附近的居民才道出一切。一旦官府有人來查問，京都人總是知無不言。

那位武士大人常來。好像是本圀寺水戶大人的家臣。

監察部根據他們的描述，進一步繪製了通緝單。

但是新選組對那對逃逸的姦夫淫婦不感興趣。問題在於如何處置這名違反武士道、辱沒隊上名聲的中倉主膳。

——切腹。

不少人如此猜測。這就是他平時的人望。沒人寄予同情。不過，主膳沒幹什麼壞事，他是受害者。

但支配這個集團的，是另一套道德法律。主膳所受的羞辱，有違武士道。所謂的武士道，便是男人應奉行之道。真正的男子漢理應如此，它就是如此剛烈的獨特美學。面對原本只是一群烏合之眾的新選組員，近藤和土方的管理哲學就在此，他們一直以此做為隊規的最高原則。

——凡事皆不得違背武士道。

「山崎，中倉主膳的病情如何？」

數天後，土方突然想到似地問道。

「已經好很多了。」

「那就好。」

土方思索了一會兒。

「他能坐了嗎？」

「不，還不行。」

「那就算了。」

「要請大夫來嗎？」

「不必了。等到體力養好，馬上處決。」

「切腹對吧？」

「是斬首。」

斬首可說是將武士禮遇折半的一種處刑。

十天後，長坂小十郎被喚至副長室。土方對他說道：

「今天下午，要對中倉進行斬首。」

「什麼？」

小十郎大為震驚。

「由你來執刀。」

二

長坂小十郎雖是新選組的隊員，卻從未殺過人。在隊內擔任會計（這項職務和監察一樣，直屬於副長土方，一般都不會上市街巡邏，除非像蛤御門之變這種戰役才另當別論）。

小十郎雖同樣是甲州人，但他與中倉主膳不同，在隊內風評絕佳。

他身長五尺七寸，是名大漢。帶有一張麻子臉，眉毛疏淡，底下一雙牛鈴般的大眼。其貌不揚。

——以他這副尊容，小孩見了，晚上一定哭鬧不休。

有人在背地底這麼説他。也有人稱他是「灶神」，亦即每戶人家的爐灶都會祭拜的三寶荒神，還真有幾分神似。他在同伴當中之所以人緣絕佳，原因之一，就是長了這副不會惹人討厭的相貌。

入隊後，他立刻被指派擔任會計。

因為個性勤奮，馬上便升上等同伍長的地位。他並不以此沾沾自喜，也不會在一般隊員或是新人面前擺架子。會計的工作有保管會費、核算隊員的薪資以及該支付商人的費用、調度資材等等。他的辦公室就位在廚房旁。

之所以稱呼他「灶神」，就是因為他總是坐在廚房旁。

土方在命小十郎執刀前，已先找來身兼隊上劍術師傅的沖田総司，向他確認小十郎的劍技高低。

「想問你關於長坂小十郎的事。」

「哦，三寶荒神啊。」

光是這樣，像沖田這樣的年輕人便已忍俊不禁。這也正是小十郎的特別之處。

「他的劍技如何？」

「不知道。」

「在道場上練劍的情形呢？」

「他都沒來練習。總是終日坐在廚房旁當他的灶神。」

「不過……」

入隊時，都會依規定寫下流派名稱和師傅的大名。

「根據資料，他好像擅長居合拔刀術。不，不只是擅長，聽說甲州的長坂家是水月流居合術的宗家呢。」

「哦，這樣啊。」

沖田好像想起了什麼。

「我雖沒親眼見過，但聽說有過這麼一件事。」

原是加賀的脱藩浪人，現今擔任隊上劍術師傅的田中寅雄，某天對不熱中練劍的所有會計人員訓斥了一番。

「諸位不也是新選組的隊員嗎？」

田中如此說道，將他們全帶往道場，逐一和他們練劍，打得他們遍體鱗傷。不久，輪到小十郎上場，田中猛然想起，對他說道：

「長坂，我記得你好像使的是居合拔刀術對吧。」

「只是雕蟲小技罷了。」小十郎揮著手應道：「不能在您面前獻醜。」

「用不著客氣。露一手來瞧瞧吧。」

田中故意使壞。他自己是心形刀流的高手，同時也擅長寶山流的居合術。

不得已，小十郎只好與他過招，卻沒戴面具和護手，而且用的不是竹劍，而是拎著一把木刀，蹲坐在道場中央。此舉連田中也為之驚訝。

「木刀？」

「若用竹劍，分不出勝負。請田中師傅也不戴面具和護手，持木刀和在下過招。」

持木刀過招，等同持真刀對決。一旦落敗，十之八九會喪命。

「算了。」

田中苦笑一聲，不與小十郎練劍。

說到練劍，就僅只那麼一次。所以小十郎究竟劍技水準有多高，隊上至今仍無人知曉。

「真是個怪人。」

土方如此思忖。後來他便傳喚小十郎，命他執刀斬首。

（這下可傷腦筋了。）

小十郎心中暗忖，但既然身在隊上，便無法違抗副長的命令。

先前有件事沒說，其實長坂小十郎並非為了加入新選組才來京都。

京都室町有位名叫澤瑞庵的西醫，與他是甲州的同鄉，小十郎本想向他學醫。如果可以，他希望能透過澤瑞庵的介紹，到大坂的緒方洪庵塾就讀。

小十郎進京時才二十二歲。由於盤纏準備得不夠，他抵達京都時，身上只剩幾枚銅錢。但他並不擔心。他心想，瑞庵應該會收他當學徒。

但他料錯了。當他來到室町拜訪瑞庵時，那間屋子已經易主，原來瑞庵早在一個月前過世，全家人都遷往瑞庵妻子的娘家丹波龜山去了。

小十郎當真不知如何是好。

京都鮮少有甲州人。他無處依靠，在客棧裡住了兩天，光靠喝水度日。後來想起中倉主膳加入新選組的事，於是他前往拜訪，想借點錢度日。

——啊，你是長坂家的人。

主膳見面後大樂，但他沒借錢給小十郎，反倒是建議他加入新選組。主膳告訴他，隊上會付你訂金，還供吃住，況且說到長坂家，可是水月流居合術的宗家呢。

「這個嘛……」

小十郎是家中的四男，從小父親便嚴格指導家傳的武藝。但小十郎沒把握能靠武藝出人頭地。

「那麼，你會算帳嗎？」

何只是會。小十郎從十六歲那年起，為貼補家用，到村長家當了三年的掌櫃。

「這樣正好。組內有位會計，名叫河野甚三郎，因為某個原因過世（切腹），如今他的職位正空著呢。」

經舉薦後，小十郎當天馬上被錄用。從那之後，長坂小十郎對於自己成為新選組隊員一事，始終覺得像在作夢。他打算先在這裡工作一陣子，就像當初為了貼補家用，而到地位比鄉士長坂家還次一級的村長家當掌櫃一樣。所以他盡可能不在別人面前展現武藝。

（傷腦筋……）

如今他非但得執刀替人斬首不可，斬的還是和自己淵緣深厚的同鄉。

時辰已到。

中倉主膳被兩名看管罪犯的下人帶進來，命他坐在草席上。全身五花大綁，並未蒙眼。

主膳雖然臉色泛黃，但比想像中來得冷靜。小十郎出聲向他叫喚，主膳這才發現是他。

「原來是你啊。」

他露出無比懷念的笑臉。看來，由同鄉親手送自己上路，而不是由別人操刀，主膳相當開心。

「長坂，日後你遇見藩內的人，請告訴他們我是切腹自盡，不是被人斬首。」

「在下明白。」

「對了。」主膳說：「有件事我一直沒告訴你，其實京都還有一位甲州人。他在四條寺町經營髮飾店，名叫利助，是教來石那地方的人。他為人親切，常會給人方便。我就將他讓給你吧。」

他的口吻就像在分遺產似的。

——長坂。

監察吉村貫一郎以眼神示意，要他們別竊竊私語。就在這時，長坂小十郎手中佩刀寒光一閃。

一顆頭顱掉落前方的洞內。主膳想必還不知道自己已死，只見他嘴巴微張，一副正要接著說的模樣。

（真不舒服。）

往後的數天，小十郎始終恍恍惚惚。

不久，他找了天休假，前往利助位於四條寺町的髮飾店。小十郎告訴他主膳的死訊、他和小夜那名女人的事、自己故鄉的事，以及自己當初是為了當醫生才前來京都的事。

最令利助驚訝的，當然是主膳的死。不過，他的驚訝中，有幾分是因為主膳還欠他一筆錢沒還，但他似乎不是那麼死心眼的商人，連這種事都會拿出來說。

「真令我驚訝，沒想到您也是甲州人。已故的中倉先生從沒告訴我這件事呢。」

真是個吝嗇的男人。想必主膳連這種事也想獨占。吝嗇是個性的問題，稱不上什麼惡行。而且主膳的吝嗇，在他死後回過頭來看，反而讓人覺得他很孩子氣，小十郎甚至對他寄予同情。

「中倉先生真不走運。」

小十郎難得這麼多話。就連回到隊上，還是一樣多話。語調間難免帶有同情的意味。

「長坂，勸你最好別再提中倉的事，以免傳進上級耳裡。」

有些親切的夥伴如此提醒他。但可不是人人都是好夥伴。

——長坂好像對那樣的處分感到不滿。

也有人這麼說，當中帶有一絲惡意。這惡意當然不是針對小十郎，而是將他們對中倉主膳生前的惡意，轉移到小十郎身上。

小十郎愈是替主膳說話，愈會背負主膳所遺留的「惡意」。

——長坂小十郎基於同藩的情誼，似乎想找出那名水戶藩的人，替主膳報仇。

甚至傳出這等謠言。

然而，小十郎根本沒這種心思。主膳的死如果是個好機會，他想趁此從新選組抽身，走自己真正想走的路。但想脫隊難如登天。隊上有道禁令。

「不許擅自脫隊。」

三

「長坂。」

土方難得笑臉以對。他已聽聞隊上的傳言。

「你要不要辭去會計的職務？我很欣賞你的人品，但更令我驚訝的是你的劍技。不好好運用實在可惜。」

「不，您太高估在下了……」

小十郎頗為狼狽，但土方認為這是小十郎特有的謙遜，反而對他分外親切。

「我聽說你想替已死的中倉主膳報仇。為此，若是調你到市內巡邏的小隊，你應該比較好辦事吧？」

隔天，營區的玄關旁貼出告示：小十郎調任第一隊伍長。原本沖田総司隊上的伍長一職，是由中倉主膳擔任。與其說是填補他的空缺，不如說是繼承主膳的遺產。

——這遺產還真教人頭疼啊。

（真是愚蠢。）

小十郎心中暗忖，日子就此一天天度過，他也漸漸明白隊長沖田総司的個性比外表看起來更為灑脱，是個熱情的青年。最後，小十郎習慣了新環境。他天生適應力強。不知為何，沖田也對他禮遇有加，總會問他：「長坂兄，有沒有哪裡不習慣？」

後來小十郎更從旁得知，已故的中倉主膳不知是不是想沾他的光，總向人吹噓長坂家是甲州的名門。事實上，他的祖先長坂釣閑齋為武田信玄一族，戰國末年，隨著武田滅亡，他們融入當地成為鄉士。家紋是圓圈裡頭加上武田菱的簡單圖案，但近年來家道中落，到了小十郎這一代更是淒涼。

但人們從小十郎的人品來推測他的出身，似乎都認為他確實有大家風範，想像他遠祖昔日輝煌的光榮。

話說回來，甲州沒什麼可以自豪的對象。說來說去，不外乎是富士山、戰國的武田家故事。已故的中倉主膳常向人吹噓長坂家的家世，說「我們是武田信玄的甲州人呢」，似乎想藉此改變自己惹人嫌的形象，努力給人另一種印象。

這讓小十郎深感同情。

（也許中倉先生是個有趣的人。）

三月的某天，小十郎被副長土方喚至辦公室。

——長坂報告。

小十郎打開紙門一看，大吃一驚。

眾監察在裡頭排成一列。有監察首席篠原泰之進、山崎烝、吉村貫一郎、尾形俊太郎、新井忠雄、蘆谷昇。

「嗨，長坂。」

土方春風滿面。

「我們正在討論你找尋的那位水戶藩的人。」

「啊！」

他差點忘了此事。

「各位監察為了此事，用盡各種方法。雖然還不知道對方的藏匿處，但我們不露痕跡地向水戶的本圀寺陣營打聽後，終於查出對方姓名。是一名叫赤座智俊的隨行武士。從這姓名來看，他應該是由僧侶侍從轉調為京都衛士。」

赤座智俊雖是僧侶侍從出身，卻獲有神道無念流的奧義真傳。不過，儘管當時情況再慌亂，他也不該沒收拾中倉主膳性命便就此逃逸。從這點來看，此人應該也沒多大本事。

「水戶藩陣營的人說，事件發生後，他便自行脫藩。但實際情況並不清楚，也許還藏匿在藩邸裡。」

接著，眾監察提出建議和推測。結束後，土方遞給小十郎一張赤座的通緝單。並對他說：「好好報仇。」

小十郎前往利助的髮飾店，道出整件事的來龍去脈後說道：

——我一點兒都不想報仇。

利助聞言，親切地笑著說道：

「這可真是大災難啊。」

「就是說啊。已故的中倉先生，他的為人說好不好，說壞不壞，而且和我也沒多深的交情，但人就是會遭遇這麼多窘境。他死後，竟突然演變成這種局面。」

「我也來幫您找尋通緝單上的那名武士吧。好在我認識小夜那名女子，所以也不是全然沒線索可循。」

「不，還勞煩你幫我留意，反而會給我更大的壓力。請當做是我在發牢騷，聽過就算了。」

然而，數天後傳來一個意外的消息。消息來源不是髮飾店的利助，而是隊上的監察部。

赤座智俊離開水戶藩邸後，擔任市街道場的代理師傅。而且那家道場有不少水戶藩士出入，難有機會可以前去取他性命。

四

小十郎前往查看。

來到現場一看，並不是什麼市街道場。地點是寺町的海仙寺，借住持房舍充當道館，而且借用至今也才十天，似乎是水戶藩的志士為了藏匿赤座智俊，才刻意開設的道場。

不久，他得到更詳細的消息。

據監察山崎蒸的調查，原本藩內情勢動蕩的水戶藩，最近又出現極端的激進分子，其中一群人以「本圀寺陣營過於窄小」為由，外宿於海仙寺內。

「大約有多少人？」

「可能有十人左右。似乎與薩摩、土佐藩的人往來密切。水戶藩的人都稱他們是海仙寺黨。赤座智俊教導他們劍術，未曾踏出寺外一步。」

「長坂，這樣就很難殺得他了。」沖田総司說。

要翻越寺院的泥瓦牆，入內斬殺赤座，倒也不是不可能。但這麼一來，將引發會津守護職（新選組）與水戶德川家之間的紛爭。

（可是小夜呢？他絕不可能將自己的女人養在寺院裡，所以赤座與小夜幽會時，肯定是獨自前往。）

小十郎造訪髮飾屋的利助，告訴他目前的查探情況。

「目前要是能查出小夜躲在哪裡就好了。」

「長坂兄。」利助側著頭說道：「您果然是想找赤座先生報仇。」

「這是情勢所逼。周遭的人都嚷著要我報仇，我只能照辦。要是不殺了他，人們會笑我窩囊。」

小十郎伸手摸向頸項。

「到時候項上人頭不保。」

「那您快逃吧。請容利助給您個建議，我能替您準備衣服和盤纏。」

「可是，能否逃得掉還是個問題……」

過去已有多名隊員嘗試過，但都失敗收場。

「利助兄，要取那傢伙的性命並不難。我要對付的只有赤座智俊一人，要是我現在逃走，勢必得和所有新選組隊員為敵不可。」

「原來如此。」

利助露出複雜的微笑。當他送小十郎走下土間時，小十郎以天真無邪的聲音喚道：

「這包行李裡頭裝的是髮飾嗎？」

那是一大包行李。而且一直擺在土間上。

「不，裡頭不光是髮飾。是我最近在京都做的生意。」

利助說出意外的話語。如今不同以往，各藩都在京都設置藩邸，如同江戶一般，開始有許多藩士在此常駐，所以藩邸專用的各種道具、日常用品，多了不少商機。舉個誇張一點的例子，就連常在因州藩邸出入的糕餅店，也兼營武具的買賣。

「真有意思。利助兄還真是不放過任何做生意的機會呢。」

小十郎笑容滿面地步出門外。

待他離去後，利助從裡頭的客廳通過中庭走廊，走進別屋。

「小夜，他回去了。」

他從拉門旁出聲叫喚。房內傳來一陣聲響，旋即有名男子應道：「回去了是吧。」

此人正是赤座智俊。

「我可以進去嗎？」

「不，我叫小夜整理一下。」

看來，兩人大白天的，就在裡頭共赴雲雨。先是傳來一陣令利助產生遐想的聲音，旋即歸於平靜。

利助開門入內。

他以這座別屋供赤座和小夜棲身。

赤座是翻越後牆而來。海仙寺的圍牆與利助家剛好背對背相貼。海仙寺和利助的髮飾店各自面向不同的大路，所以不熟京都地圖的人難以察覺。

——小夜。

利助之所以如此直呼她的名諱，未加敬稱，是因為她過去曾在他店裡工作。她原本是一位修行者，在窮困潦倒時，為利助所救，留在身邊當婢女使喚。但她當婢女後，不僅不改原本的髮型，做事也是馬虎隨便，連利助都拿她沒轍。之所以沒將她掃地出門，肯定是因為兩人發生過一兩次的肉體關係。

不久，新選組的中倉主膳到店裡玩時，看上了小夜，向利助說道：

「可否將她賜給我？」

利助聞言大樂，就此與小夜撇清關係。不過，同樣常到利助店裡玩的水戶藩士赤座智俊，似乎也早已和小夜有一腿，儘管小夜已被中倉主膳包養，仍不時和她幽會，此事利助也早已察覺。

不過，利助沒必要對別人的私生活多所置喙，況且藉由赤座的搭線，他才得以和水戶藩邸做買賣。因此，即便中倉主膳落得那樣的下場，當赤座要求他讓小夜住在別屋裡時，他還是無法拒絕。就髮飾店的利助而言，生意重過一切。

「赤座先生，這座別屋似乎不再安全了。雖然長坂小十郎這個人脾氣好、腦袋又不太靈光，但事情只怕萬一。到時候恐怕連我也會受到波及。」

「你的意思是要我搬離這裡囉？」

「愈快愈好。」

「利助，你就這麼怕新選組？」

「不，我會瞞住長坂，只不過……」

「這麼說來，你是嫌我礙事囉？你想錯了。主膳在世時，老愛在你店裡扯東道西。事後我從你口中得知不少消息，然後再透露給薩摩藩的人知情，他們可高興了。要是我投書給新選組，在上面寫『髮飾店的利助是密探』，可知你會有何下場？」

「這……」

利助臉色慘白，渾身顫抖。原來他為了取得水戶藩專屬的生意，曾向赤座洩露一些消息。但是就利助而言，這只是為了買賣，他對新選組和中倉主膳並無惡意。

「赤座先生，您這樣未免太狠了吧。」

「那你就繼續讓我們住這兒吧。」

他那張圓臉莞爾一笑。

豐腴的圓臉，像極了市松人偶★。赤座長得一副不知人間疾苦的公子哥兒模樣，本性也不算壞。只是興頭來了，總愛嚇唬人。證據就是當利助半正經、半開玩笑地向他低頭說一句「在下認輸了」，他便喜不自勝地笑著向小夜炫耀道：「小夜，看到了吧。」

只有小夜露出不以為然的神情。

現場唯獨小夜與男人不同，她沒任何立場。所以分外清醒。

「只要神不知鬼不覺地殺了長坂小十郎不就行了？」

她向赤座建議道。

「神不知鬼不覺？」

「沒錯。」

赤座收起下巴。

「辦得到嗎？這裡可是熱鬧的京都啊，怎麼可能辦得神不知鬼不覺。要是消息走漏，讓人知道凶手是水戶藩士，將會和會津藩之間引發紛爭。」

「不會有事的。」

「小夜，妳該不會是打算色誘他吧？」

★市松人偶：此種人偶因為貌似江戶時代中期的歌舞伎演員佐野川市松，因而得名。

「在京都……」小夜說：「不斷有武士來自諸藩，所以女人非常欠缺。像他這位三寶荒神，有哪個女人會看得上眼呢？」

小夜朱唇輕揚。

五

「送信的？」

小十郎感到納悶。據說是營區附近的孩童替某個女人送信。

展信一看，原來是小夜的來信。信中寫道——因那件事，奴家出於無奈，被水戶藩的家臣強行帶走，不知如何是好。

「我希望能和您談談。也許小夜對中倉先生是真心的。」

小十郎讓沖田看那封信。沖田也沒想到這個問題背後有如此複雜的關係。

「真沒想到。」沖田心有所感地說道。才二十出頭的沖田，似乎對女人還懷有一絲憧憬。

「你最好和她見個面。也許能掌握赤座的線索。」

地點約在祇園真葛原的喜幸。

黃昏時分，小十郎動身前往。

當然是隻身赴約。

半個小時後，沖田不經意地向土方告知此事。

「……什麼？」

令土方驚訝的並非此事。而是沖田和長坂小十郎那令人難以置信的天真。

「総司，你沒瘋吧？」土方說。

沖田微微嘟著嘴，讓土方看小夜那封信。雖然稱不上寫得一手好字，但確實是女人的筆跡，信中提到自己事前事後的心情，並詳盡描述目前的窘境。

——請當做是為先夫祈求冥福，賜予小夜智慧，小夜在此向神明祈求。

「你怎麼看？」

「真傻。這是個狐狸精。如果她真像信中寫的那般楚楚可憐，又豈會找男人上真葛原的喜幸？」

「那是什麼樣的地方？」

「不就是幽會茶店嗎。」

那是京都一些店內夥計或是寺院侍從與女人幽會的地方。

「第一隊的隊長和隊員，淨是些天真的傻瓜。」

「土方先生，你這話什麼意思？知道幽會茶店的人就聰明，不知道的人就傻，是嗎？」

「少跟我講歪理。」

土方努了努下巴，要沖田退下。

但事實上，長坂小十郎倒也沒那麼天真。他表面上穿著黑色的棉布短外罩，下半身穿著白色的小倉裙褲，腳踩高齒木屐，裡頭卻套著鎖子甲。那是連手背都以沉甸甸的鐵護手遮蔽的鎖子甲，為了不讓它過於顯眼，他雙手插在懷中行走。

「這裡是喜幸對吧？」

打開格子門後，他向女侍問道。女侍已聽小夜描述過小十郎的長相，向他說道：

「已恭候大爺多時了。」

小十郎並未走上台階，而是取出些碎銀塞進女侍手中。

「不好意思，好像有幾個人在後頭跟蹤我。可否請妳到外頭幫我看一下有幾個人好嗎？」

女侍也不推辭，走出格子門外，穿過前庭，煞有其事地到林中逛了一圈。

「有三個人。」

「是武士對吧？」

「是的。」

小十郎登上店內台階。

小夜已在裡頭等候。小十郎站著同她問候一聲「嗨」，打開通往鄰房的紙門。裡頭空無一人。

他這才就坐。

「妳有什麼事？」

「您可真是小心謹慎呢。紙門裡面沒有藏人。」

「我知道。」

小夜端起酒壺。小十郎以手中的杯子接酒，卻不就口。

小夜略顯尷尬，但似乎對自己的演技頗有自信，開始說起她之後的遭遇。

「我知道殺害中倉先生的凶手是水戶藩的人，但對方叫什麼名字？」

小夜向他扯了個假名，還說自己被那名男子威脅，吃了不少苦頭，但現在已逃離他的魔掌，獨自住在深草一帶。

「嗯、嗯。」

小十郎一面聽，一面隨口附和。小夜忽而語帶哽咽，忽而停下來喘口氣，展現出高超的說故事本領，令小十郎聽得入迷。

「現在妳靠什麼過活？」

「幫人加持。」

她斜眼瞄著小十郎。

「對了，妳原本是一位修行者。中倉先生死後，我也遭遇了不少事，有空也得請妳幫我加持才行。」

「那當然沒問題。」

「所謂的加持，是怎麼做啊？」

「這個嘛……」

小夜偏著頭，一副沉思的模樣，改變原本端正的坐姿。

「沒辦法在這裡做。」

「說得也是。應該需要神壇才對。」

「那麼……」小夜開心地抬眼道：「今晚您方便嗎？恰巧在寺町有家真言宗的寺院，名叫海仙寺，我跟那家寺院素有往來，他們願意提供正殿供我替人加持。您在此稍候一下，我請人去通知一聲。」

小夜也不等他回話，便匆匆走向樓下。看來，原本打算在真葛原收拾小十郎的計畫，地點臨時變更為海仙寺。

這樣比較不會被人發現。不久，小夜又回到樓上。

「來，我們走吧。」

碰觸小十郎的身體後，小夜大吃一驚。他裡頭穿著沉甸甸的鎖子甲。

「這下妳明白了吧。」

小十郎微微一笑，同一時間，小夜身上挨了一拳，就此癱軟。為了謹慎起見，小十郎捆綁住她的手腳，並以布條堵住她的嘴。

（敢跟我演這種三流的戲碼。）

他衝出喜幸，飛也似地趕往寺町海仙寺。

小門開著沒關。

走進一看，幸好水戶海仙寺黨那班人還沒返回。

他走進住持屋舍內的客廳，謹慎地檢查過佩刀的目釘是否牢固後，蹲踞在暗處等候。

不久，小門一帶傳來說話聲，並摻雜著腳步聲。腳步聲移往走廊。粗估少說也有五人。

——好暗，誰去把座燈點亮吧。

當中一人喚道。

就在距離座燈三尺遠處，長坂小十郎正立起右膝，蹲在衣架後方。

男子敲打著火石，朝火種點火，將火移至座燈裡。

就在那一瞬間，人頭落地。

「啊！」

他背後兩名男子正要大叫，雙腳已被一劍掃中，小十郎再度還劍歸鞘，手按刀柄，恢復蹲姿。

小十郎靜伏不動，環視剩下的三人。氣氛駭人。或許應該說，眾人都嚇得魂飛天外，呆立原地。

赤座智俊也在場。

「赤座——」

小十郎朗聲叫喚，目的是要他拔劍。趁對方拔劍的瞬間加以斬殺，是居合拔刀術的常識。不過，赤座似乎也明白這點，他始終貼著牆壁往外廊移動，不肯輕易拔刀。

不久，其餘兩人紛紛拔刀。小十郎依舊冷靜，默不作聲。其中一人也許是想揮除心中的恐懼，扯開嗓門大喊。

當男子的叫喊聲停歇時，正是他開始展開行動的時候。他手中白刃以上段架勢斬落。

緊靠牆邊的赤座一直在等這一刻。他看準小十郎出劍時反擊。居合拔刀術的勝負，就在於劍鞘中。就算再厲害的居合拔刀術高手，一旦拔劍後，大多只有三流劍客的水準。

赤座智俊一直在等待。

當小十郎面前的男子，揮刀朝他頭頂襲來時，小十郎拔劍出鞘。男子踮起腳尖，雙腳離地，血霧狂噴。赤座智俊早一步拔劍斬向小十郎。

但他手中長刀卻在空中硬生生停住。小十郎以左護手擋下赤座這一劍。他右手拋卻長刀，一把握住腰間短刀刀柄。

一切就發在那一剎那。在他以左護手擋下來劍的前一刻，短刀已離鞘。赤座當場斃命。

當時最後一名生還者已經逃離。小十郎全身的緊繃就此鬆懈。他重新握好刀，想照武士的規矩斬下赤座首級。但不知為何，開始渾身顫抖，停不下來，幾乎快握不住刀。

（啐！）

他揮刀斬向赤座的頸項。結果卻卡的一聲，擊中鬢角。

小十郎急忙重新再砍一刀，但刀刃卻砍向下巴，被彈了開來。

不得已，他只好持刀抵向頸部，用切的方式斬下首級，以赤座的短外罩包好，這時他想離開，卻發現雙膝不住打顫，無法移步。

（也許大門還有敵人。）

他反向躍往外廊。全力翻越後門圍牆，躍往某個町人家中的庭院。

那戶人家一陣騷動。一直到利助出面，小十郎仍不敢相信那戶人家就是利助的髮飾店。

是夜，長坂小十郎拎著赤座的首級奔回新選組營區，土方大為吃驚。

「長坂，這件事別告訴任何人。」

土方給了他一些盤纏以及三十兩的餞別金。赤座的首級已不重要。土方萬萬沒想到小十郎會殺進水戶藩的海仙寺住所，斬殺四名藩士。

日後他向沖田說道：

「総司，我也一時玩過頭了。因為長坂這個人很可愛，所以我才半開玩笑地唆使他這麼做。」

當時在赤圀寺陣營裡趾高氣昂的水戶藩海仙寺黨，一夜之間消失無蹤。當真是飛來橫禍。橫死者分別為赤座智俊、關辰之助、海後豬太郎、橫目足輕★水谷重次。

長坂小十郎前往長崎，學習醫術。這都多虧了土方給他的盤纏及餞別金，但仔細想想，說這是中倉主膳的另一種遺產，也未嘗不可。

明治維新後，他在麻布笄町買下昔日幕臣船手頭★的宅邸，自行開業。並改名為廣澤一豐，照顧病患多所用心，不分貴賤，頗獲好評。

橫目足輕：橫目付底下的足輕。橫目付為職務名，負責監督將士的行動，論功行賞。足輕意同步卒。

船手頭：幕府的官職。負責幕府用船的管理及海上巡邏。

沖田総司之戀

一

（総司的咳嗽不太對勁。）

土方是在年號從「文久」改為「元治」的那年三月，才發現此事。

這一年，仁和寺晚開的櫻花都已謝了，某個清晨卻又突如其來降下寒霜，京城一帶的氣候始終不太穩定。

土方向近藤提及此事。

「他是怎樣個咳法？」

「這個嘛……就像抓來一隻蝴蝶，把牠放進掌中，讓牠不斷振翅，就像這種咳法。」

「蝴蝶？」

「不，這只是比方。」

「你這種說法我聽不懂。」

這種表達方式不合近藤的思路，他很缺乏想像力。正因如此，有時他看待自己或他人的未來，會較為樂觀。不過，副長土方雖同樣是鄉下劍客出身，卻極富想像力，懂得造些不入流的俳句，也會從人們的隻字片語間洞悉對方的心思。但也正因如此，他看待事物的未來，往往比近藤悲觀許多，此刻他的習慣也完全顯露無遺。

「近藤兄，他搞不好是染上了肺癆（肺結核）。」

「怎麼可能。說到咳嗽，我也會啊。」

「他的咳嗽和你不一樣。」

「是你多慮了。他從小就常咳嗽。」

近藤並未理會。他無法想像那個陽光燦爛的沖田総司會得肺癆。

「不過，要是有名醫的話，請來替他看看吧。」近藤說。

就近藤和土方而言，沖田就像親弟弟一樣。事實上，他們兩人都是家中的么子，沒有弟弟，所以有此真切感受。

沖田総司今年二十一歲。近藤勇三十一歲，土方歲三三十歲。再加上井上源三郎，這四人同為天然理心流宗師近藤周助（周齋）門下的師兄弟。其中，近藤勇於嘉永二年被周助收為養子，當時十六歲。近藤並不是他們的師傅，他們始終都是周齋的弟子。正因如此，這四人有著三多摩地區特有的強烈黨派情誼，他們之間的「友情」，在同時代的其他武士同伴間相當難得一見。

請容筆者在此插句話，當時還沒有「友情」一詞。這是明治之後才傳入的道德觀念。在當時，「忠孝」這種縱向關係的倫理觀念，是男人奉行不二的道德。但友情確實存在於現實中。上州、武州的年輕武士之間，便有這種濃厚的色彩。只不過他們不會說這是「友情」或是「友愛」，而是稱之為——結拜兄弟。

這四名師出同門的夥伴，視彼此為結拜兄弟。

論年紀，沖田算是么弟，但他九歲便入門拜師，比起年少時修習雜派武藝，年過二十才入門的土方等人，以他的入門資歷，堪稱是前輩。

——接著就來談談沖田総司吧。

當初結盟時，近藤看重沖田総司的家世，對外宣稱他是「奧州白河浪人」，但這句話半假半真。沖田本人未曾有過白河藩武士的身分，他的父親才是。沖田出生時，父親已淪為浪人，住在日野驛站之主佐藤彥五郎家附近。土方歲三的姐姐便是嫁給佐藤為妻。

說起來算是奇緣，佐藤家數代前的祖先，正是從奧州遷往武州日野。基於這分因緣，佐藤家對沖田一家多所眷顧。沖田的父親似乎也曾在佐藤家的安排下，擔任過書法老師。但沖田総司年紀尚幼，父親便已駕鶴西歸。

母親更是老早就不在人世。推測他父母皆死於肺癆。

総司是由姐姐阿光養大。九歲起拜近藤周助為師。

他姐姐阿光是沖田林太郎的妻子，據說在日野驛站是個出了名的大美人。総司即將懂事時，阿光的丈夫入贅，繼承沖田家。夫婦倆為人沉穩，附近的農民都稱呼他們家是「浪人先生之家」，彼此相處融洽。也許是因為他們保有白河藩士的遺風，未沾惹日野一帶雜亂的民風，反而受人敬愛。

阿光的夫婿林太郎出身於総司的新選組同伴井上源三郎的本家——擔任八王子千人同心★的井上松五郎家。由此可見，他們的關係密切。

簡言之，新選組的核心人物——近藤、土方、沖田、井上這四人，非但都出身自日野地區，還以某種形式構成一種遠親近緣的親屬關係。按照武州的作風，視彼此為「結拜兄弟」，也是理所當然的結果。

沖田総司與同志一同自江戶出發時，姐姐阿光來到道場，雙手合十向近藤和土方請託道：

「有勞二位多多關照総司。」

站在姐姐阿光的立場，似乎對一臉稚氣未脫的総司要隻身離鄉背井，遠赴京都，感到忐忑不安。甚至在近藤和土方面前，命総司鄭重地跪倒伏地，向他諄諄教誨道：

「総司，你要尊小師傅為父，尊土方先生為兄，為他們貢獻心力。」

「真傷腦筋。」

同心：是幕臣中的低等職務。八王子千人同心為配置於八王子，（地名）的鄉士幕臣集團，負責維持治安和警備工作。

総司搔著頭，一副難為情的模樣。近藤和土方則是一本正經地應道：

「我們會待他更勝自己的親弟弟，好好照顧他。」

不過，若是就老師傅近藤周助來看，想必心裡覺得好笑。別說是照顧了，只要讓他們持竹劍過招，近藤和土方都敵不過這名年方二十的年輕人。

総司是萬人無一的奇才，有與生俱來的過人天賦。只要他有心，要另闢流派不成問題，即便要在江戶開設道場，廣招門徒，亦非難事。

但這名奧州浪人的遺孤，生性恬淡無欲。有一件關於他的趣聞。土方歲三的長兄為次郎是個盲人，所以將家業讓給弟弟喜六繼承，從此自號石翠，過起退休的生活，四處到鄉間傳授其極為拿手的義太夫節★，吟詠俳句，或是流連於附近的青樓，博得「盲大爺」的稱號，以此為樂，逍遙自得。打從沖田還是個少年起，石翠便很疼愛他，常說：「我一聽到総司的聲音，就感到悲從中來。」

——悲從中來。

這句話並非表示総司的聲音有多陰沉。說起他的聲音，感覺相當渾厚、開朗，但他的聲音沒半點人性之惡，過於恬淡無欲。想必石翠是以他盲人特有的敏銳，用這句話來呈現他對総司個性的感受。

——沖田到京都才一年，就開始咳嗽，教人擔心。

義太夫節：江戶時代前期，由大坂的竹本義太夫創設的一種淨瑠璃戲曲。為淨瑠璃的一支流派。

土方當然很在意此事。

——総司，你是傻瓜啊。為什麼不去看醫生？

「我這可不是肺癆哦。土方先生，你可別亂説啊。」

土方多次好言相勸，但沖田只嘻笑以對，遲遲不看醫生。就連近藤也勸了他兩三次，但他總是以一句「是，我改天就去看」含混帶過。

不久，近藤和土方也忘了此事。他們並非冷漠無情。這兩名怎樣也擊不倒的強人，神經可沒那麼細膩，會一直在心裡惦記著別人生病的事。不過，要是有阿光在，肯定就算是哭著求総司，也會拖他去就醫。

二

沖田総司的病情突然惡化，是在元治元年六月五日殺進池田屋那一夜。

當晚，土方率領的機動部隊抵達現場之前，在池田屋的土間、二樓、庭院裡，近藤、沖田、永倉、藤堂、近藤周平（板倉侯★的私生子，這時被近藤收為義子。年方十七）五人，在敵眾我寡下，奮勇殺敵。周平派上不用場。他很快便被斬斷短矛，退往屋外，藤堂砍傷兩三人後，前額挨了一劍，就此昏厥。一開始殺進池田屋時的實際戰力，二樓有近藤和永倉，一樓則是只有沖田総司一人。

沖田一如平時，擺出平青眼★的架勢。這是一種高深的劍法，刀尖略微下垂，微微右傾。

以此姿勢往前挺進，與敵人的刀身接觸後，再以電光石火之速挑起長劍，迅速斬落。這名年輕人的劍法無比精妙，彷彿敵人是為了挨他這一劍，才被吸往刀下。

在土間揮刀斬殺，在走廊則是挺劍刺擊。因為長劍在天花板下無法隨意揮舞。

説到沖田的刺擊，可說是極為高深的劍法，即便在壬生道場，也沒有隊員抵擋得住。

他讓手中長劍從青眼的架勢轉為往左側平持。接著咚的一聲，陡然踏步向前，手臂往前伸直，長劍衝過雙方之間的距離，刺穿對手身軀。據説沖田的刺擊為三段式，就算對手架開第一劍，沖田的刺擊也不會因此結束，他會順勢再刺一劍，急速收回，接著馬上再刺出一劍。其動作迅速絕倫，看起來就像只有一個動作。敵人陸續死在他的刺擊之下。

板倉侯：松山藩的藩主。

平青眼：刀身呈水平狀的中段架勢。

屋內的激戰持續了兩小時之久。

沖田緊追逃往屋後的敵人，從外廊躍進後院。因為看不清腳下的情形，一個不留神，被死屍絆倒。他旋即站起身。

就在這時，他感到一股前所未有的寒意遊走全身，雙膝發軟。一股溫熱之物從氣管深處向上狂湧。総司想咳嗽，將長劍插在地上，支撐著身體。

（我會死。）

総司如此暗忖。為什麼會有這個念頭？是身體的異狀帶來的預感，還是背後襲來的殺氣令他有這種預感？他自己也不明白。

總之，有一把劍在黑暗中呼嘯而來，從沖田的臉頰邊掠過，劃下一道細痕。

沖田向後躍離，擺出下段架勢，展開防禦。但只覺得兩眼發黑。

對手是長州尊王攘夷派的首領之一，吉田稔麿，等同是今晚聚會的首腦。稔麿的肩頭受了重傷，上半身滿是鮮血，猶如剛從水裡爬上岸似的。想必稔麿也沒有自信可以繼續活命。

他預知自己大限已至，於是四處找尋敵人，打算斬殺對手，同歸於盡。吉田松陰★推崇他是門下第一高徒。但他並非只有學識，他也有長州武士典型的一面。

稔麿此刻的面容猶如惡鬼。

★吉田松陰：長州藩士，是一位思想家兼兵學家。一般尊崇他是明治維新的實質精神領袖。

站在他面前的，正是沖田。

當時稔麿二十四歲。他虎躍而來，以上段架勢一刀斬落。沖田無意識地舉劍擋格，但就在他抬手時，鮮血再度溢滿氣管。真是很不湊巧，竟然在這緊要關頭大量咳血。

一時氣為之塞。

他雙唇發白。僅存的力氣，讓這名年輕人施展出所謂的「無心之劍」。総司舉劍斬落，稔麿右肩中劍，就此倒臥。

稔麿似乎是一刀斃命。同一時間，沖田也狂嘔鮮血，當場癱倒昏厥。

回到隊上後，沖田在床上連躺了數天。他沒向任何人提及咳血的事，只說「那是敵人的血濺到身上」。

廝殺過後的清晨，會津藩派出數名外科大夫前來替隊員療傷，但総司身上毫無外傷。醫生對此感到可疑。

「這位應該是有內科的問題。」

醫生一面把脈，一面竊竊私語，只給他服用退燒藥，也沒特別治療便回去了。他們肯定不認為那是肺癆。

但隔天，會津藩的公用人外島機兵衛前來探望傷者，臨走時將近藤喚至其他房間低聲道：

「近藤先生，沖田該不會是得了肺癆吧？」

在那個時代，肺癆就像是不治之症，一旦發病，連家人都會棄之不顧。深諳人情世故的外島機兵衛，考量到近藤身為隊上負責人的顧慮，低聲對他說道：

「我也覺得不太可能。不過，京都有精通這種病症的大夫。」

外島又補充道，他會先跟那位大夫說一聲，等沖田燒退了，再帶他去就診即可。

「那太好了。改天我會帶他前去。」

當時正忙著替傷患醫治，整個營區宛如一座修羅場。況且近藤和外島都不知道沖田嚴重咳血的事，所以也沒把這件事看得太嚴重。

池田屋事變發生後數日，近藤和土方為善後處理的隊務忙得不可開交，無暇分神關心沖田的病情。

沖田獨自躺在床上靜養。

十天過去，他似乎病況好轉，突然起身在營內走了好一會兒，接著向同僚們交待一句「我出去一下」，便精神抖擻地離去。

沒人問他欲往何方。因為沖田的神色就是那般開朗、自然。

他步出營門後，突然轉為有氣無力的步行姿態。

他來到四條通。

在轉角處右轉。四條通前方與東山遙望，東山之上飄浮著碩大的夏雲，足足有一座山峰那般巨大。沖田漫步在夏日炎炎的四條通上。

他不時走進神社內，在樹蔭底下歇息，或是在茶店裡小坐。

稍頃，已來到南北向的烏丸通。

面向四條通的東側街角，是芸州廣島藩的藩邸，緊鄰其東側的，則是水口藩藩邸。

（外島機兵衛先生所說的，應該是水口藩邸東邊一戶黑色圍牆的人家吧。）

沖田想去看那位大夫。若是告訴近藤和土方，會讓他們操心，沖田不希望這樣。所以他才悶不吭聲地獨自前來。

那位大夫名叫半井玄節，據外島機兵衛所述，此人雖是町裡的大夫，卻曾透過某位寺主取得法眼★的地位。

（我該怎麼做？）

沖田在門前猶豫了起來。這名年輕人極為怕生，從小便改不掉這毛病。之所以不愛看大夫，這也是原因之一。

黑牆底端擺著一排犬矢來，牆內的青葉楓長滿嫩葉，露出牆外。那晶瑩剔透的綠

法眼：比照僧侶，賜予佛像師傅、繪師、連歌師、醫生等職業人士的一種稱號。

意，沐浴在陽光下，映入沖田眼中。從小在武州長大的沖田，向來深愛京都的草木之美。

他年少時，曾要姐姐阿光唸唐詩給他聽。不知是誰寫的詩，有句歌詠都城五月新葉的詩句，當時聽得沖田不自主地伸手蒙住雙眼。那詩句的情景，極其鮮明地浮現沖田眼中。

這時，背後突然傳來一個聲音。他回身一看，是位姑娘，身旁還跟著一名老婦。

「您有什麼事嗎？」姑娘問。

這姑娘想必是認為他不得其門而入。沖田也從她的模樣，明白她應該是半井家的人，正好外出返家。

「不，妳……妳誤會了。」

沖田急忙快步朝祇園社方向走了二十幾步，卻又突然駐足，回身而望。

那位姑娘還站在原地，一臉訝異地望著他。

沖田低頭行了一禮。

想必那姑娘心裡覺得好笑。她輕聲淺笑，但旋即正色向沖田頷首，做出「請進」的動作。

沖田急忙往回走。連他自己也無法接受剛才的失態，這次他則是板起臉孔從姑娘面前通過，走進門內。但進門後，他又覺得失禮，轉頭向那位驚訝的姑娘說了一句：

「我是患者。」

姑娘微笑頷首。儘管臉頰清瘦，但下巴尖細，唇形柔美。

「可否代為向大夫通報一聲。會津藩公用人外島機兵衛先生應該已事先向大夫提過我的事——我姓沖田，名叫総司。」

當沖田說到「名叫総司」時，露出陽光般燦爛的微笑。阿悠心想，這個人真像個孩子，朝他點了點頭。這位名叫阿悠的姑娘，是半井家的第二個孩子。半井家的長男叫礦太郎，名字有點古怪。他在大坂的緒方洪庵塾修習西醫。

沖田被帶往診療室。

半井玄節從屋內走出。依照近來的風潮，大夫也都留起了頭髮。這名年近半百，眼神銳利的人物，乍看之下不像大夫，只要他腰間佩帶長短刀，看起來便像是某大藩的家老。

「我已從外島先生那裡聽說你的事了。你是會津藩的家臣對吧。」

沖田本想告訴大夫，自己與會津藩是有點淵源，不過，他是藩主松平中將代管的浪士，屯營於壬生的新選組一員，但沖田終究還是沒說出口。外島之所以如此介紹，想必是因為新選組在京都並不是什麼受歡迎的人物。

「什麼，你曾經吐血？」

玄節在問診時，頗為驚訝。

「在什麼地方、什麼情況下吐血？」

「這……」

沖田一時為之語塞。

「是在道場。」

「嗯。」

「在練劍的時候。」

「哦，練劍的時候啊。」

「沒錯。」

總不能直接跟大夫說，自己衝進池田屋裡，殺了許多人，最後在斬殺吉田稔麿時大量咳血吧。

「我年輕時也練過劍道。」

半井玄節生於因州鳥取的藩士之家，後來成為京都大夫半井家的養子。他說自己也練過劍道，想必是在鳥取時的事。

「那樣不行啊。尤其是像你這種體質的人。戴著布滿灰塵，滿是黴味的面具和護手，在昏暗的道場裡練劍，這樣對你的健康相當不利。我猜你應該也沒什麼劍術的資質，還是早點放棄劍道吧。」

「是。」

「我會開藥給你。但最重要的是，你得睡在通風良好、陽光不會直射的地方。如果你能做到這點，我就開藥給你。要是辦不到，吃藥也沒用。如何？」

「好。」

沖田莞爾一笑。應該是沒辦法做到了。

「我會好好睡覺的。」

（這年輕人不錯。）

玄節流露出這樣的眼神。他女兒已到了適婚年紀，之前一直沒留意這件事，但最近他已開始觀察周遭的年輕人。玄節此刻的眼神，就像婦人買衣服挑花色一般，朝沖田上下打量。不過，偏偏又不能直接詢問對方的家世，這樣未免過於失禮。

「奧州會津是個什麼樣的地方啊？」

「這我也不知道。」

「哦，你家是江戶的定府對吧？不過，就算在江戶長大，還是一樣瞞不了你的出身。你略帶奧州口音。」

他說的沒錯。

沖田以為自己說得一口流利的江戶腔，但不知為何，卻帶有父母傳給他的奧州口音。看來，父母養育他的時間雖短，影響卻深植心中。

告辭時，沒看見那位姑娘，心中略感失望。

但他同時也鬆了口氣。因為他還不懂得該如何與異性應對。

三

「総司那小子有點古怪。」

京都入秋時，土方對近藤說道。

沖田每五天就有一次會隻身離營，沿著四條通往東而去。途中就算遇到隊員，他也只是臉上掛著慣有的微笑，沒說欲往何處。

「他該不會……」

近藤略顯慍色。他受阿光之託，要照顧好沖田，絕不能丟這個臉。

「該不會是在祇園或二條新地，勾搭上什麼壞女人吧？」

「他總是白天出門。」

「也有人是大白天玩樂的。」

「可是近藤兄，那小子好像很討厭女人呢。這是我在江戸時得知的。」

「阿歲，看來一遇上総司的事，連你那明察秋毫的雙眼也不靈光了。既然生為男人，豈有討厭女人之理，如果真有這種怪物，我倒是想見識見識，看我一刀收伏他。阿歲，総司是怕女人。因為他還只是個孩子。」

「你也一樣啊，一遇上総司的事，就失去判斷力。那小子都快二十一歲了。」

「哈哈，真是日月如梭啊，阿歲。」

近藤邊說邊撫摸著鼻頭。

這兩人都認為，阿光拜託他們的，就是那檔子事。要是此事讓阿光知道，她一定會哭著說：「你們還真是靠不住。」

轉眼已十月中旬。京都這城市四季分明。每當季節變換，東山群峰便會隨之變化色彩，由於神社、寺院終年都有不同的祭祀活動，所以每當季節更替，總會教人留下鮮明印象，彷彿連來往於街頭巷尾的人們，也感染了季節的色彩。

某日午後，土方見総司準備出門，便趨前對他說道：

「総司，等一下。你要去哪兒？」

此刻沖田臉上清楚寫著「傷腦筋」三個字，不過，這名年輕人很懂得說些無傷大雅的謊言。

「我去看楓紅。」

「哦，去哪兒看？」

「清水寺。」

確實沒錯。但土方不懷好意地望著沖田，接著說道：

「我也去。」

沖田頓顯狼狽。土方看準沖田根本不是要去清水寺。

「好啦，我們這就出發吧。」

不得已，沖田只好跟在土方身後步出壬生營區。

從京都的八坂塔沿著三年坂往上走，在濃密樹蔭的遮蔽下，突然覺得身體開始轉為冰涼。

登上三年坂後，便來到從松原方向走來的清水坂中途。

「喂！」土方喚道：「其實你不是要去清水寺吧？」

「我是真的要去。」

沖田一臉尷尬地說道。

「総司，你別想瞞我。」土方邊走邊說道：「我可是受過阿光的託付啊。如果你出了什麼事，我非切腹謝罪不可。你應該明白吧？京都的妓女很會說好聽話，但心地卻很壞。」

「是這樣嗎？」

沖田小聲地應道，不讓自己的表情顯露於外。

「沒錯。」

登上石階後，眼前是一座塗滿朱漆的仁王門。坡道上有更高的石階聳立眼前，拾級而上，奢華的八腳西門雖幾經風霜，卻依舊傲然而立，古味盎然。

兩人來到著名的清水舞台。

底下是斷崖。探頭一看，雖離楓紅尚早，但楓葉已像漩渦般，盈滿山谷。往西望去，天地開闊，西山群峰迷濛，皇城起起伏伏的屋簷盡收眼底。

「真令人驚嘆。」

土方難得發出如此率真的讚嘆。他俳號★「豐玉」。沖田知道土方遠從之前在故鄉的時候起，便常私下創作一些不入流的俳句。

俳號：俳句作者的雅號。

「雖然在江戶常聽人誇讚清水之美，但來到京都後，這還是第一次來。好在你扯了謊，真是託你的福啊。」
「我才沒扯謊呢。」
沖田鬢邊兩道俊秀的濃眉垂落，悶悶不樂地說道。
「我知道。你的清水，是有更多脂粉味的地方，對吧？」
（啊——）
沖田面露喜色。因為他發現土方尚未察覺。
「我們到底下的山谷看看吧。」
兩人踩著長滿厚厚一層青苔的石階，一步步朝楓葉之海而去。
在楓林中走了半晌，不久，沖田不動聲色地引領著土方來到音羽瀑布前。
「啊，這就是以聲音聞名的音羽瀑布是吧？不過，傳聞是真的嗎？」
這並不是真的瀑布。覆滿楓樹枝椏的石牆上，有石造的導水渠。從導水渠流出三道細長的水流，像絲線般落向地面，如此而已。
「是真的。」
「今天又多長了見識。之前在關東時，因為名氣響亮，我還把它想成是水聲隆隆、氣勢磅礡的飛瀑呢。」

「土方先生，你向來總是想像力豐富。」

沖田輕聲竊笑。

「你說什麼？」

「不，沒什麼。聽說對茶道極為講究的京都人，會為了泡茶而專程前來取音羽瀑布之水。據說水質甘甜不澀。所以瀑布不見得一定要氣勢磅礴才好。」

「說的也是。」

在音羽瀑布前，有多家在長椅上鋪著紅毯的茶店，個個都掛著藏青色的門簾。

沖田若無其事地走進店內坐下，土方也同樣入內而坐。他還不知沖田在打什麼主意。

茶店的侍女出來招呼。她身穿伊予白點碎花和服，綁著紅色束衣帶，繫著紅色圍裙。土方看了她一眼，覺得此女甚美。

她似乎與沖田相當熟稔，親切地向沖田問道：

「今天一樣吃年糕嗎？」

（哈哈，原來就是這個女人。）

土方睜大眼睛，細細打量對方。他略感寬心。如果是京都音羽瀑布的茶店女侍，至少比近來江戶神社寺院裡頗為盛行的茶店妓女安全多了。

（果然很像総司的作風，充滿稚氣。）

土方大為開心。

「搞什麼啊，総司，你每次來這裡，就只是吃年糕嗎？」

「是啊。」

「真是個怪人。對了，你最近好像戒酒了，難道是戒酒改吃年糕？」

「關於酒嘛……」

是半井玄節叫他戒酒。

沖田眼中閃過一絲陰鬱，但旋即又恢復開朗的神情。

「我只是能喝罷了，原本就不是很愛喝酒。」

「所以就戒了是嗎？」

土方感到納悶。接著突然想起。

「総司，你最近會不會頭痛？」

「不會。」

「沒有發燒嗎？」

「沒有。」

「騙人。你明明還會咳嗽。」

「那是我的老毛病。因為我常喉嚨帶痰。到了京都後，可能是水土不服，總覺得痰特別多。」

「這樣啊。」

土方就這樣被他瞞過。

這時陡然射來一陣陽光，從楓葉間透射的光影，在土方腳下畫出一道光圈。土方見狀大喜。

「此景可以寫成俳句。」

他急忙從腰間抽出筆墨筒，拿出俳句本。

沖田不發一語地環視四周，不久，他突然兩頰泛紅，急忙低頭。

當五、六名身穿白衣的女修行者從茶店前走過時，沖田這才鬆了口氣，抬起頭來。

這群女修行者前方的瀑布口處，有一名姑娘，正蹲身捲起衣袖，露出白皙的手臂，以勺子舀取瀑布水。

一旁跟著一名老婦。

兩人都沒發現坐在茶店深處長椅上的沖田。

沖田第二次去半井玄節位於四條通的宅邸時，正巧遇見那位姑娘拎著一只塗有黑漆的漂亮水桶走出玄關。

——啊，是她。

沖田緊忙低頭行禮。

小姑娘也彎腰回禮。她一副外出的模樣，就此從沖田身旁走過。但來到大門邊的灌木旁時，她展現十足大夫之女的風範，以大人般的口吻問道：

「關於您身體的事，我已從家父那裡聽說了。您應該每天都有好好休息吧？」

不，與其說是問話，不如說是極力找尋話題。

「有啊。」

沖田望向她手裡的水桶。姑娘的表情就像在說「你想問這個是吧？」抬起水桶。

——每月逢八★的日子，我都得泡茶。

姑娘說。

不久，她在老婦的催促下，朝門外走去。

「想向您請教一件事。」

沖田一面接受半井玄節的診療，一面很好奇地轉動眼珠，如此問道：

「在京都都是用水桶泡茶嗎？」

「水桶？」

逢八：每個月的八日、十八日、二十八日。

玄節似乎也嚇了一跳。
「這話怎麼說？」
「沒什麼，只是剛才看到令嬡……」
沖田道出原委。玄節聞言後大笑。沖田還是第一次見這位醫生露出笑容。
「其實是這樣的……」
沖田這才明白，原來每月逢八之日，玄節的女兒都會到音羽瀑布取水。當時他便在腦中做了諸多揣測。他心想，按照京都人一板一眼的生活規矩，想必連汲水的時刻都有其規定，於是他便在下個逢八之日前往音羽瀑布查看。
阿悠果然來了。
但総司並沒出現在瀑布旁。
他坐在茶店的長椅上，頻頻偷瞄瀑布旁的阿悠。而且不是持續凝望，是偷看。現在也是。
一旁的土方舔著筆尖，全神貫注地想著俳句。他突然朗聲大笑。
「想到了！」
他轉頭望向沖田。
沖田的視線正緊盯著蹲在瀑布口的那位姑娘身上。

「総司。」

「咦？」

沖田急忙望向土方。表情轉為一本正經。

「你寫了什麼樣的俳句呢？」

「你在說什麼啊。我才在想，你最近怎麼突然開始對女性感興趣了。別用那種眼神盯著人家大姑娘瞧好不好。」

「是嗎……」

沖田急忙揉起了眼睛，一臉尷尬。就連土方也忍不住大笑起來。

「哈哈哈，現在揉眼睛也沒用了。」

土方見沖田還是和以前一樣天真無邪，一時開心，就此笑逐顏開。但這時卻發生了一件令人意外的事。

那位姑娘聞聲轉過頭來。

她望見沖田，臉上露出驚訝的表情。

「您也來啦。」

她的聲音輕細，不過，她就站在前方五間遠的潮濕石板上，聲音聽得相當清楚。

——喂。

姑娘向老婦叫喚，對她說道：「正好，我們也去休息一下吧。」一同走進茶店。

沖田一時為之怯縮。

土方把頭轉向一旁。身為一名武士，他自知分寸，明白此刻不該輕率地竊竊私語，詢問這名姑娘的來歷。

那位姑娘走進後，鋪設葦簾的昏暗茶店登時蓬篳生輝。

——我也來一份阿莫吧。

她輕聲向老婦說道。

老婦依言向女侍點了份阿莫。

其實打從剛才起，土方什麼也沒點。他並不想吃糕餅，但偏偏生性不好酒，也不想叫酒喝。

「也給我來一份阿莫吧。」土方向女侍吩咐道。

女侍差點噗哧笑出聲來，但土方不明白是怎麼回事。那姑娘和老婦互看一眼，緊抿著嘴不笑出聲。

不久，女侍端來了阿莫。

「什麼嘛，這不是糕餅嗎？」

土方頗為不滿。他並不知道，所謂的阿莫，是京都女孩的兒時用語。

「是的，就是糕餅。」
土方把臉轉向一旁，聽女侍如此解釋後，不得已，只好吃起了糕餅。
這時，那姑娘頻頻同沖田搭話，詢問他的近況。
「沖田先生，您大老遠走到這種地方好嗎？家父應該叮囑過您，要躺在床上多休息才對。」
（奇怪。）
土方吃著糕餅，心中暗忖。沖田似乎在他和近藤都不知道的地方，過著另一種生活。
「是啊。」
沖田再度滿面羞紅。
「我只是覺得，偶爾出來散散心也不錯。」
「您平時有好好睡覺吧？」
「有。」
（他們在說些什麼啊。）
土方感到納悶。昨天沖田不是才和他一起出外巡邏，在祇園車道衝進太兵衛的髮飾店裡，殺了三名勒索攘夷軍費的浪人嗎？
「那就好。這麼說來，您不時會到音羽瀑布這裡散心囉？」

「是啊，常來。」

沖田沉默了片刻後，鼓起勇氣説道：

「每月逢八之日的這時候，我都會來。」

「——」

阿悠為之無言。這名聰慧的姑娘已明白一切。

接著是突如其來的沉默。從土方的位置看去，她那雪白的後頸，正微微泛起一陣潮紅。

那名老婦站起身。

在她的催促下，姑娘也隨之起身，默默向沖田鞠躬後，就像突然發現似地，也朝土方低頭行了一禮。只不過，她對土方僅只是形式上的點頭問候。

沖田和土方順著清水坂往下走時，已紅輪西墜。恐怕還沒來得及走回壬生營區，便已天黑。

土方向石階下一間茶店借來一盞燈籠，將隨身的印籠★押在店內。

「老闆，下個逢八之日就還你。」

「逢八之日？」

「不，不是我來還，是他。對吧，総司？這個人逢八之日都會到清水寺來散心。」

印籠：收納印章及印泥的容器，從江戶時代改為存放隨身藥物之用。

土方呵呵而笑。

「至於其他日子，他總是在睡覺。」

兩人就此來到大路上。

順著坡道而下，土方已大致猜出是怎麼回事。

「聽說你去看過大夫了。」

「嗯。」

「是肺癆對吧？」

「不是。」

在暮色蒼茫中，沖田抬起頭，斬釘截鐵地應道。他不想讓同伴因為這種疾病而替他擔心。更要緊的是，萬一他們寫信告訴姐姐阿光，那可就麻煩了。阿光人在遙遠的日野，不知會有多擔心。

「我只是太累了。再加上微感風寒。如此而已。」

「若真是這樣就好了。」

沖田這番話，土方並未盡信。若只是微感風寒，他三天兩頭前去看大夫，也未免太奇怪了。

（我看他是染上了肺癆。）

「你有事都不找我商量，我可難做人啊。」

「我會的。」

「還是說，你真正的目的是那位姑娘？」

「哪、哪兒的話呀。這種事，我……」

「這種事？什麼事啊？」

「那麼好的姑娘，會看上我這種人嗎？」

「総司，我又沒問你，是你自己說的哦。」

兩人才來到清水坂的半途。土方一面走，一面若有所思的抬頭仰望。京都就在他腳下。儘管清水坂依舊明亮，但也許是天色暗得早，街道已開始亮起燈火，猶如一顆顆鑲嵌的寶石。

「総司，秋天的京都，那華燈初上的景致，實在美不勝收。感覺到人們就生活在其中。総司，我們也點燈吧。」

「好。」

沖田捧著燈蹲下，敲打火石，朝火苗點火。正當他手持火種伸進燈籠裡，準備點燃蠟燭時，土方低頭望著他說道：

「你可以娶那個姑娘。她是個好女孩，和你很相配。我去和她父親談談吧。」

「我才不要呢。」

沖田面帶怒容站起身，邁步向前走去。

沖田並未告訴那位姑娘，自己是新選組的一員。她父親半井玄節也不知情。他似乎一直以為沖田是會津藩士。

（這我說不出口。）

沖田絲毫不以自己身為新選組隊員為恥，但聰明的他很清楚京都人對他們投以何種眼光。

長期以來，京都人都對幕府的官差沒有好感。畢竟這裡是歷時千年的皇城之地。相反地，他們相當偏袒長州。他們知道長州擁護天皇，而且這一年來，長州藩也在祇園不斷撒錢，刻意在京都市內收買人心。以守護皇城為名，紮營京都的新選組，經歷了池田屋事變後，京都市民已清楚明白他們是幕府的爪牙。證據就是京都一些重俠義的町人，紛紛冒死藏匿遭緝捕的長州藩士以及相同派系的浪人。事變發生後，奉行所甚至頒布告示「嚴禁窩藏相關嫌犯人等」。

（玄節大夫要是知道這件事，想必會大吃一驚吧。而且我更不想讓阿悠知道。）

土方不懂沖田心中的感受。近藤也不會明白。他們兩人認為新選組是天地間唯一的大事，全力投入，以此面對人生。就算沖田告訴他們，他們也不會懂。

四

「是嗎？」

近藤流露意外的神情。

「經這麼一提才想到，會津藩的外島機兵衛先生曾向我提過那位大夫的事。原來沖田自己偷偷去看過大夫了。」

「他是為了不讓我們替他操心。」

「結果不是肺癆吧？」

「還不知道。那小子應該是不希望向人在故鄉的阿光透露這件事。另外，有個好消息。」

土方告訴近藤音羽瀑布那件事。

「等再觀察一陣子之後，你主動去和對方談談如何？」

乍看之下，他們似乎有點多管閒事，但他們這群同鄉自有外人無法明白的原由。

原因在於沖田家。沖田家一直到其先父晚年才喜獲総司這名獨子。原本就是因為死心斷念，認定沒有兒子可延續香火，才替総司的姐姐阿光招贅，收為養子★。
総司的父親臨死之際，曾對阿光說：
「等総司長大後，便是沖田家的當家，妳得以他為宗家，由他來守護祖墳。這樣才是穩當的做法。」
當然了，這是當時繼承家業的規定。儘管沒有家財和田地可以繼承，但守護祖墳卻是當家的義務。
因此，父親替他命名為「宗次郎」，宗家的宗。但顧慮養子的臉面，才在宗字底下加上「次郎」二字。這個宗字帶有他父親的期望。不用父親吩咐，阿光當然早有這個意思。不過，說起來煞有其事，其實也只是等宗次郎長大成人，有了妻室後，將阿光擺在家中佛堂裡的牌位分給他罷了。
宗次郎成年後，才從阿光那裡聽聞此事。
——我才不要呢。
他感到難為情。要他把姐夫林太郎擱在一旁，自己繼承既沒家世又沒名聲的沖田家，實在沒這個必要。這名善解人意的年輕人，考量到自己對阿光和林太郎應有的道義，不知何時，他捨棄父親為他取的名字「宗次郎」，改名為「総司」。（筆者雖未親自造訪，但住在大牟田市諏訪町的醫師，同時也是沖田総司的研究者森滿喜子小姐，曾

養子：日本的習俗，是以招贅的方式，收女婿為養子。

在沖田家位於麻布專稱寺墓園的祖墳，見過総司的墓碑。據說碑名寫著沖田宗次郎。）

近藤、土方明白此事。所以當他們得知有阿悠這名姑娘時，兩人都很認真看待。此時兩人腦中浮現的計畫，就新選組隊員來說，或許過於躁進。他們想讓総司娶妻。以年齡來說似乎早了點，但以一般世俗的標準來看，這個年齡娶妻反而相當普遍。他們一致認為應該讓沖田娶妻生子，日後好繼承沖田家。

「我去那位大夫家一趟。」

近藤向來行動力十足。他當場翻起農民曆，得知明天是個大吉的日子，便就此打定主意，上床安歇。

五

翌晨，半井家發生了一起小騷動。

不知為何，壬生的新選組局長近藤勇，竟然登門說有事想與當家面談。

半井玄節還兼任西本願寺寺主的侍醫。就是因為這層關係，他還獲得醫界的最高位階「法眼」，不過在當時法眼已是空有虛名。近藤登門拜訪時，半井玄節正整裝準備前往「西本願寺寺主家」當差。

「總之，先請他進來吧。」

雖只是一名大夫，但玄節頗有膽識。不論壬生的浪士隊長前來出何難題，他都自信能夠招架。

玄節早想到會是何種難題。應該是和西本願寺有關。

當時西本願寺擔任院內主要事務的人員，大多是出身自長州領屬寺院的僧人，而早從西本願寺遷至京都以來，他們便與朝廷關係密切，非但尊王，甚至還帶有像尊王激進派那種濃厚的長州色彩。事實上，新選組也曾因為他們有藏匿長州人的嫌疑，而進山內搜索。（附帶一提，東本願寺屬佐幕派。幕府創立人德川家康為了消滅本願寺的勢力，曾在德川初期分立東本願寺，另立他派。從那之後，東本願寺與幕府的關係緊密，在以京都為政局中心的現在，儼然已成為京都佐幕派中的一方之霸。在幕末政情紛亂之際，京都市內的東本願寺門徒甚至還高唱「想跟著天子走，還是跟著本願寺走」的歌曲。因此在維新之後，東本願寺向朝廷進貢不少銀兩，委實辛苦。）

（不外乎是來找麻煩的。）

玄節如此看待，走向客廳。

首先令玄節吃驚的，是這位傳說中的近藤勇措辭意外地謙遜，甚至臉上泛著令人發毛的微笑，主動與他打招呼，態度極為慇懃。

「近藤先生，您太客氣了。」

近藤的客氣態度，令玄節不自主地以法眼的身分擺出雍容氣度。

但近藤與京都人不同，他不會沒完沒了地與人寒暄。他是關東人，又是名劍客，所以當他低頭行禮時，內心早已在盤算該如何說明自己的來意。

接著，他開始滔滔不絕。這男人一遇上正經場面，便一反平時沉默寡言的模樣，用字遣辭既莊重又多樣，而且口若懸河。土方則和他相反，比起出席公開場合，他在私下座談的表情反而比較精采。總之，以近藤的情況來說，這確實是很不可思議的才能，教人不禁懷疑像他如此粗獷的男人，到底是從腦中哪裡傳來這些聲音。

然而，對玄節而言，近藤口中吐出的一字一句，都令他驚訝莫名。最後當他聽聞自己的患者沖田総司是新選組隊員時，他忘卻平時的雍容氣度，一時失去分寸。光是有這麼一位患者，他對本願寺寺主便會有許多忌憚。而且眼前這名腦後綁著個大髮髻的武士，還仗著他的雄辯之才，措辭謙遜地說要迎娶玄節的女兒。

「不，小女她……」

玄節本想開口，卻取出懷紙★，伸向唇邊，做出拭汗的動作，以此爭取時間，思考

懷紙：放在懷中隨身攜帶的折紙。有多種用途。

接下來該說些什麼。雖然爭取了一些時間，卻遲遲想不出拒絕的理由。——如果謊稱女兒的婚事已定，便能擺平此事。

但近藤緊盯著他雙眼。

那眼神直刺人心。

玄節一時無言以對。主客之間瀰漫著一股揮之不去的尷尬氣氛。在這段時間裡，近藤始終以劍客特有的眼神凝視著他，那是連表情的細微動作也想看得一清二楚的貪婪眼神。而且那不是基於好奇心的貪婪，而是想透過對手的表情變化，立即加以應變的可怕眼神。近藤的這個習慣也常表現在與劍術無關的座談中。

「不知您意下如何？」

近藤輕聲說道，這語氣猶如對手持青眼架勢時，擊向對手刀背，看對手會如何出招。

不過，近藤已明白對方的答案為何。他只是為了謹慎起見，待確認後，若是該打退堂鼓，他就會識趣地離開。

「不，小女阿悠……」玄節道：「是我的獨生女，我還不希望她就此嫁人，而且真要嫁人的話，我們行醫之人會希望依照醫家的作風，將她嫁給同業後進。近藤先生，您就當這是一名老父的痴愚，儘管嘲笑我吧。」

「我明白了。」

不久，近藤就此從半井家告辭。

回到營區後，他立即告知土方此事，並將沖田喚至房間。

對沖田而言，此事猶如青天霹靂。他們為了沖田，如此大費周章，這份心意值得感謝，但整件事卻在離沖田十町、二十町遠的地方進行，結果只是白忙一場。

沖田想到這兩位前輩對半井玄節和阿悠所採取的行動，一時羞得無地自容。

（再也不能去半井家了。）

他背後冷汗直流。比起心中的羞慚，一想到自己和阿悠之間的關係就這麼斷了，沖田直感眼前發黑。

「総司，你還是死了這條心吧。」

近藤忙著打圓場道。

「對方可是西本願寺寺主的侍醫呢。俗話說得好，『瓜田不納履』。你身為新選組的幹部，卻出入於那樣的人家，到時候不知隊上會傳出何種流言蜚語。你這就像是愛上敵城裡的姑娘。這時候得展現武士的氣概，就此死心吧。」

「你誤會了！」

沖田無比認真地辯解。

「不，你不用說了。」

近藤莞爾一笑，打斷他的話。

「我也不是不解風情的人。你的心情我能體會。」

「不，你誤會了。我只要能遠遠望著那位姑娘，就心滿意足了。可是你們……」

他本想接著說，卻無法成言。

近藤仍舊帶著微笑，凝望著沖田。

（我們可是受你姐姐之託，要照顧好你的終身大事啊。）

近藤頻頻頷首。

沖田再也無法按捺。他沉默無語，淚水莫名其妙地在眼中打轉，他急忙站起身。

他從外廊躍向庭院。

那天傍晚，沖田獨自前往清水山內的音羽瀑布。

茶店早已關門。

日落桑榆。

沖田仍駐立於瀑布旁。即便整晚在此守候，他心中想望之人也不會前來。今天並非逢八之日。

儘管如此，沖田還是蹲在瀑布旁守候。

水花濺濕他的肩頭。

正殿一帶傳來晚課的誦經聲，不久，崖上的內院已亮起燈火，但沖田仍舊蹲踞原地，不時把手伸向那高處落下的細流，以肌膚感受水的沁涼。那位姑娘也曾有此舉動。

在山內巡視的僧人提著燈籠走近，在沖田身旁停步。

「辛苦您了。」

僧人問候一聲，就此離去。

總有夜間參拜的信徒會到瀑布這裡來。想必僧人猜想，此人也是其中之一。

寶藏院流槍術

一

「這次有個厲害的人物加入我們隊上。」

盟主近藤興高采烈地向齋藤一說道。那是文久三年四月的事，正是京都百花散盡的時節。

於壬生結黨後，近藤和芹澤兩派人馬，合起來共有十六、七人。當時他們的身分已定，是由京都守護職代管。眾人分頭四處招兵買馬。

齋藤一直到昨天為止，都四處造訪各地道場，邀人加盟，足跡從大坂一路遠及播州路。

「是個什麼樣的人？」

「他是寶藏院流槍術的高手。聽說在大坂開設道場，風評頗佳。人們說他光憑槍術便值千石俸祿，而且此人學富五車，個性豪邁。」

「您見過他了嗎？」

「還沒見過。」

「真令人期待。」

齋藤一由衷感到高興。

他已多次登場。

雖然在劍術方面不像沖田総司那般天才，但與人真劍對決時，頗有膽識。土方、沖田、永倉、藤堂、齋藤，以及之後和伊東甲子太郎一起入隊的服部武雄，可說是支撐整個新選組的劍客。

齋藤一是播州明石藩的浪士，家中原本代代皆為江戶定府。儘管劍術流派不同於近藤等人的天然理心流，但他早已在小石川小日向柳町的近藤道場出入多年，所以地位與永倉新八、藤堂平助、原田左之助等人相當。近藤為了報考浪士召募而前往京都時，齋藤一爽快地說了一句「我也參加吧」，就此加入他們的隊伍。

不過，他是有身分地位的藩士，所以得回江戶藩邸和藩內處理些事，因此他在近藤等人到達京都後又過了一陣子，才來到壬生村。就近藤而言，他底下的「旗本」是同流派的土方、沖田、井上源三郎，接下來是永倉、藤堂，最後才是齋藤。

組織成立後，齋藤一立刻升任幹部（助勤）。維新後，世事變幻，他改名為山口五郎，擔任東京高等師範學校（東京教育大學的前身）的劍術教官。

數天後，齋藤南下大坂，辦完事後，為了搭乘從八軒家溯淀川而上的渡輪，他來到船屋旅館「京屋」。京屋日後與新選組關係密切，幾乎成了專用旅館。

薄暮時分，齋藤搭上三十石船。

當時淀川水量豐沛，船隻逆流而上。縴夫從河堤上以拖繩拉著船上行。

這艘船的屋頂鋪有草席，底下為船艙。因為只有三十石的載運量，所以空間狹小。船艙裡就像戲院的觀眾席一般，以繩索區隔出每個人的空位，每一格要價一枚天保錢。

不過，雖然是一格空位，但空間狹小，僅容人盤腿而坐。若想躺下來休息，勢必得一次包下三人份的空位才行。

齋藤明白此事，所以一早便已向京屋包下三人份的空位。因為一旦船位客滿，任你出再多錢，也租不到足以讓人躺臥休息的空位。

然而，就在船隻正要從大坂八軒家碼頭出發時，有五名武士走進船內。

所幸還留有五個空位。

船隻就此離岸。

齋藤拿起船上的棉被蓋在身上，微微睜眼瞄向那群武士。

他們當中年紀最長者，是名服裝和長短佩刀皆派頭十足的武士，他向船夫提出難題。

「船夫。我早已和船屋旅館的人說好了，給我大一點的空位。」

「沒空位啊。」

船夫冷淡地應道。這是當然的事。空位是事先在船屋旅館那裡便安排好的事，無法等到開船後才在船上交涉。

「如您所見，都坐滿人了。如果您非得出這樣的難題，那只有將客人推進河裡才辦得到。」

「無禮！」

「是是是，我們船夫本來就不懂禮貌。」

（好個個性剛強的船夫。）

齋藤暗自覺得好笑。看那名武士的模樣，腦後綁著個大髮髻，膚色黝黑，顴骨高聳，模樣委瑣。

他一旁站著一位剛剃去前髮的年輕人。和那名武士一樣，衣服印有十六片菊葉的家紋，從這點來看，也許是他兒子。但兩人沒半點相似之處。這名「兒子」膚色白淨，下巴尖細，眼帶雙瞳，容貌清秀。

另外三名浪人打扮的男子，從他們對男子的態度看來，似乎是其門人。操著關西口音，一副懶散的模樣。

其中一名門人手持長槍。

一般來說，浪人禁止在路上攜帶長槍，但對方或許是槍術師傅。正當齋藤如此暗忖時，猛然一驚。這個人不就是近藤所說的谷三十郎嗎？

一想到這裡，便覺得此人氣勢雄偉，容貌頗具武者風範，渾身滿溢無窮精力。

（看起來果然不簡單。）

齋藤豎耳凝聽，得知谷三十郎要求要有足夠的空位供自己和兒子躺臥。

最後船夫拗不過他的一再要求，向躺臥的乘客請託，拜託他們讓個空位。說到躺臥的乘客，只有齋藤及另一名似乎頗為富裕的町人。

「我才不要呢。」

町人如此說道，背過身去。

齋藤站起身。

「我跟他們換位子吧。」

船夫覺得過意不去，一再向他道謝。

但谷三十郎似乎生性高傲，完全沒對齋藤道聲謝。他那態度就像在說——我的交涉對象是船夫，不是齋藤，要問候的話，可就弄錯對象了。

齋藤在狹窄的船艙內與谷三十郎擦身而過。船身陡然一陣搖晃。

「抱歉。」齋藤道。

「嗯。」

谷三十郎如此應道，但對齋藤連瞧也不瞧一眼。一來是因為船內昏暗，二來想必是不想和他打招呼吧。他那妄自尊大的態度，是來自對自身武藝的自信？還是說，面對像齋藤這種浪人，他自認是京都守護麾下的武士，不由得興起一股自負之心？

當船靠向伏見寺田屋的河岸時，齋藤為了不讓谷三十郎一行人注意到他，早一步躍向河岸，就此返回壬生鄉。

但不知為何，他們當天並未到營內報到。齋藤也沒將此事放在心上。他猜想對方可能是到京都四處參觀吧。

翌晨，他們總算來到營區。

「諸位，讓我來為各位介紹。」

當時隊上同志人數尚少，所以近藤在某個廂房裡召集眾人。

「這位是谷師傅，是槍術的名人。希望各位能多多請他賜教。」

近藤說完後，逐一向谷三十郎介紹每位隊員的出生地和流派。

谷三十郎不記得齋藤。這證明他在船內未曾好好瞧過齋藤一眼。但他的兒子和門人卻露出奇怪的表情。

說到他的兒子，有件事令齋藤感到可疑，就是其身上的家紋。此刻已改為九曜巴紋。想必是抵達京都後，改換成黑羽雙層短外罩和仙台平的裙褲。

（我記得他應該和谷三十郎一樣，是十六葉菊的家紋才對。）

近藤驀然發現谷三十郎帶有中國一帶的口音，向他詢問原因。

「哎呀，不愧是近藤師傅。其實在下的出生地為備中松山。代代侍奉板倉家，後來在家父那一代，因某個緣由而辭官，此後便長住大坂，為圖方便，在下都以大坂浪人自稱。」

「原來如此，您曾侍奉過板倉家啊。」

近藤似乎又對他多了幾分敬意。

（板倉家……）

齋藤想到的是另一件事。提到板倉家，算是譜代★大名中首屈一指的名門，但其家紋應該是現在他「兒子」穿在身上的九曜巴紋才對啊？

「他是在下的養子，喬太郎重政。」

谷三十郎只對兒子做了這番簡短的介紹。

日後齋藤才得知，邀谷三十郎前來壬生的人，是和自己一同來自江戶的同志——伊予松山脱藩浪士原田左之助，於是齋藤向原田問道：

譜代大名：又稱世襲大名，是指從德川家康時代便一路追隨，代代世襲的大名。

「他兒子是什麼來歷?」

「我也不清楚。」

他好像真的不清楚。原田自伊予脫藩(不過,他原本只是約聘侍從的身分),來到江戶,當中只有半年左右的時間,但他曾在大坂短暫逗留。當時他以半玩樂的心態,上過谷三十郎的道場。

「當時他還沒有這個兒子。」

二

谷三十郎立即昇任助勤,擔任隊長,每天在營區道場見到一般隊員,便叫過來指導槍術。

不僅如此,他一早起床,便前往營區中庭,虎虎生風地操練長槍。此種行徑讓人覺得很不舒服,但他的槍術確實剛猛俐落。

「谷師傅的槍術應該是日本第一吧。」

他的崇拜者與日俱增。

近藤對他也頗為禮遇，一些極機密的事務，似乎也會與他討論。

谷三十郎因而益發妄自尊大。

「諸位，劍術確實也很重要。可是一旦戰事再起，還是以槍術更為重要。各位一定要具備相當程度的槍術才行。」

「可是師傅，那劍術該怎麼辦？」

有人如此反問。

「只要達到爐火純青的境界，就沒有槍劍之分了。若不相信，不妨持竹劍到道場比劃比劃。」

谷三十郎的道場，位於大坂松屋町筋。他傳授槍術，哥哥萬太郎則指導劍術，所以他自然也會劍術。

幾名對劍術頗具自信的一般隊員上場與他過招。

但個個都被谷三十郎的竹劍彈開，傷不了他。

「打我啊。」

谷三十郎一面將竹劍舉至頭頂，一面像在耍特技般，四處竄躍，出劍擊向對手。

完全將對手玩弄於股掌。

（厲害。）

齋藤如此暗忖。沖田、永倉等人在見過谷三十郎的表現後，也讚譽有加。

「他這樣要靠劍吃飯也不成問題。」

連近藤也如此說道。

文久三年八月十八日，政變發生時，新選組正好負責仙洞御所的戍衛工作，當時在通往御所的路上，谷三十郎夾著長槍立於前頭，一副威風八面的模樣，名氣響遍各藩。

當時仍身為隊上領導人的芹澤鴨，不久後遭到暗殺，新選組的大權就此落入近藤一人手中，谷三十郎也變得更加不可一世。

他擺出一副身為近藤寵臣的態度。新選組本是一群志同道合之士組成的集團，近藤不過是盟主，但谷三十郎對近藤的態度，猶如其家臣一般。

不過，谷三十郎唯獨對齋藤多所顧忌。

「齋藤兄，這是為什麼？」

沖田等人總想問個清楚，但齋藤始終笑而不答。

據齋藤猜測，可能是谷三十郎從兒子或門人（也都成為一般隊員）那兒得知，之前船上事件的那名武士便是齋藤。其實只要齋藤很乾脆地說一句「那確實是我」，當做是個笑話，此事便可就此平息，但齋藤卻故意裝不知情。

（我還真壞。）

雖然心裡這麼想，但他就是不想和那個男人說話。

谷三十郎對此感到很不自在。

某天，谷三十郎對他說道：

「閣下可願意與我過招，試試我的槍術？」

谷三十郎信心十足。他應該是想靠實力打垮齋藤一這個眼中釘。

「不了，我一定不是您的對手。」

齋藤一笑置之，不願配合。

隔年（元治元治）春末，谷三十郎對齋藤的態度突然起了一百八十度的轉變。

當然了，他對其他隊員還是一副盛氣凌人的態度。

上頭有土方歲三這位副長。

儘管土方年紀比他小，但起初他對這位囉嗦的副長，總是以「土方師傅」加以稱呼，不過，最近突然改為同僚間對等的稱呼。

（這是怎麼回事？）

就連土方也感到納悶。

而且谷三十郎對近藤愈來愈親膩。

「我真摸不透那傢伙。」

土方曾私下向沖田如此透露，暗自苦笑。

但沖田似乎知道些什麼。

「土方兄，就快要有令人吃驚的事發生了。」

「什麼事？」

「秘密。」

隊員向沖田透露的事他總是守口如瓶，所以土方也知道繼續追問只是白費力氣。

「我會調查的。」

他喚來監察山崎蒸。

山崎四處蒐集隊員間的傳言。

但還是一無所獲。

「這就怪了。」

連山崎也感到納悶不解。

但不久便明白是怎麼回事。因為近藤在自己房間召集助勤以上幹部。

眾人入內一看，除了近藤外，有人早已就坐。

分別是谷三十郎與喬太郎。

喬太郎坐在近藤身旁，位居土方的上座。喬太郎今年十七。

他以谷三十郎之子的身分，擔任見習隊員從事隊務，但他既沒武藝，也沒學問，更無過人的氣概。真要說有何長處，大概就是擔任近藤的隨行侍衛，有點小聰明。

「辛苦各位了。」

近藤喜溢眉宇。

「其實也不是什麼和隊務有關的事。只是有件事想告訴各位，所以就將各位找來。這位是谷喬太郎。」

他停頓一會兒，往喬太郎望了一眼。

「我決定收他為養子。希望各位能明白此事。對了，有件重要的事忘了說，我替他改名為周平。」

之所以取名為周平，是取近藤人在江戶的養父，同時也是他師傅的近藤周助（退休後名為周齋）名字當中的一個字。

似乎就連土方也不知道這件事，一臉茫然。

唯有谷三十郎神色從容地端坐原地。近藤說完後，這位將兒子過繼給局長的谷三十郎，以前任父親的身分，落落大方地低頭行了一禮。

「請多多指教。」

谷三十郎入隊後剛好一年，便成為近藤的親戚，站上這個特別的位置。

（原來他圖的就是這個。）

齋藤覺得此事無聊透頂。

不久，針對近藤收養子一事，隊內開始流言滿天飛。

「他好像是板倉侯的私生子。」

新選組內也有另外一人，據說是某大人物的私生子。他就是北辰一刀流的藤堂平助，據說他是藤堂侯★的私生子。藤堂自己也對此深信不疑。不過，在藩主過世時，就算諸侯的私生子報出自己的身世，但只要沒有相當的證據，一樣無法與人爭奪藩位。

——家母似乎有不得已的苦衷。

藤堂也曾這樣說過。不過，齋藤一對這種身世傳說一概不信。江戶的下町★有不少工匠和消防警衛，也都傳聞是諸侯或大旗本的私生子。一些棄嬰長大成人後，鄰人或他們自己似乎也都會捏造出這種身世傳言。

（周平的事是真的嗎？）

他思索著周平那件家紋服飾。不過，這並不構成質疑的條件。旅途中穿上養父三

藤堂侯：伊勢津藩的藩主。

下町：町民所居住的市街地。

十郎的舊衣，抵達京都後，再換回事先準備的絹衣，這也是理所當然的事。

（也許真有其事。）

他心想，是真是假都無所謂。

不過，就齋藤來看，真正奇怪的是近藤這個人。

像近藤這等厲害的劍客，竟然收周平這種沒半點劍術天分的人當養子，來擔當天然理心流宗家的第五代掌門。

劍術的宗家有很多養子。若能自己生出天分過人的兒子自然最好，但此事難以期待。所以一般自然都是從門人中選出表現優異者來繼承衣缽。

天然理心流的情況亦同。其創始者為遠州出身的近藤內藏助長裕，第二代為近藤三助。從三助之後，便一直是由養子繼承，分別為周助、勇。每一代掌門都是由上一代選出接任，所以雖是鄉下劍客，但皆未辱沒流派之威名。

然而，第四代宗家近藤勇，已不再是沒沒無聞的鄉下劍術宗家。自從禁門政變（長州在京都失勢）以來，雖然他是一介浪人，幕府卻在二条城的席位上，給予大御番★頭取的厚遇。

他已不再是南多摩郡的農民之子。正因為自己是這樣的出身，近藤才會如此看重養子的家世，更勝於資質。

大御番頭取：大御番為幕府組織之一，為擔任常備兵的部隊。頭取為統領之意。

談個題外話，近藤勇在故鄉早已娶妻，名叫阿常。育有一女，名叫阿玉。他是否打算日後讓周平娶阿玉為妻，此事就不得而知了。

總之，近藤勇對寶藏院流槍術師傅谷三十郎帶進隊上的這位「板倉侯私生子」，頗為中意。他肯定視如珍寶。

「谷兄，可否把他讓給我？」

想必近藤當時曾如此懇求。

「不，他是我必須代為照料的重要人物。」

谷三十郎或許也是裝模作樣。

照谷三十郎所言，他昔日舊主板倉侯的親信曾告訴他：

——這並非現今主君之子，而是先主隆光院時代發生的事。主君在參勤交代途中，於中國一帶臨幸一名庶人之女。事後，女方家人要求特別關照，但由於此乃常有之事，家老未予以理會。不久，鄉里間傳聞四起，再也無法坐視不管，卻又不知該如何處置，日子就此過去，而隆光院也在毫不知情的情況下仙逝，未留下任何證明身分之物。所幸閣下與我藩素有淵緣，可否請閣下代為照料，教導武士應有之武藝與學問呢？待其長成後，我等將重新以其應有之身分召為藩臣。只不過，若讓他以板倉之姓自稱，就像是貪圖藩主之位一般，如此反而會惹來不必要的麻煩。因此，在他長大成人之前，希望能暫時充當閣下養子。

不過，理應推動此事的那位親信，如今也已駕鶴西歸，無人知道當時的口頭約定，一切計畫就此化為泡影。

「他確實是備中松山的板倉家對吧？」

近藤說這句話時，肯定是瞪大著眼珠。板倉家連同嫡系與庶出在內，同族一共有六家，三家是諸侯，其餘三家是旗本。身為諸侯的板倉家，分別是上野安中三萬石、備中庭瀨二萬石，以及備中松山五萬四千石，而本家當然是後者。

「真是貴人之後啊。」

齋藤猜想，近藤當時肯定有低聲說這麼一句。若沒有如此發自內心的讚嘆，像近藤這般的劍客，絕不可能會收這名平凡無奇的年輕人當養子。

他事前並未和隱居江戶的養父周齋討論此事。可能是一時樂昏了頭，擅自做了決定。

後來他修書一封寄給周齋。

數日前，在下向板倉周防守大人之家臣領了一名養子。在下自知生死難料，故有此覺悟。今日特地向您稟報。其名喚周平。本應與您商討後，再稟報此事，在下行事不周，尚請見諒。在此致上萬分歉意。

板倉周防守的家臣，指的應該便是曾擔任藩士的大坂浪人谷三十郎。這當中的奧妙，以近藤那個時代的文章用語，難以表現。他的文字簡潔，卻拐彎抹角。

三

谷三十郎成為近藤的親信。近藤並未特別這麼做，但谷三十郎仗著自己的親戚關係，自認已是近藤的親信。這當中一半出自個人的權力欲望，一半出自義務的心態。

他常進出近藤房間，每當隊員有違法情事，不分輕重大小，他都會向近藤告密。不，應該說他是在閒聊時，不知不覺洩露出隊員私下的行為。

「谷先生很愛告密。」

隊員開始對他有所顧忌。

因為這個緣故，過去隊員的情況，都是副長土方歸納整理後向近藤報告，但現在卻是直接傳入近藤耳中。

某天，近藤甚至反過來主動告訴土方隊員發生的事故。

「我四處奔走處理，忙得不可開交。你人在隊上，若不好好管束隊員，我可就頭疼了。」

難得近藤會如此抱怨。

——谷先生真是個麻煩人物。

土方事後向沖田發牢騷。

「他似乎是個口無遮攔的人。」

「這個嘛……」

沖田不想蹚渾水。

「可能是因為他現在已成了近藤師傅的親戚，把隊上的事看得像他自家的事一樣擔心吧。」

「這我明白。」

土方如此應道，接著又補上一句。

「総司，我跟你發牢騷的事，你可別跟人提起哦。」

「我不會說的。」

「你真是個好人。」

土方以難得的柔和口吻如此說道。沖田得知連土方都開始對這位局長親戚有所顧忌，對此頗為驚訝。

（世事真是不可思議。）

隊員以前對土方敬畏有加，多所顧忌。如今他們對谷三十郎的態度，甚至猶有過之。當中也有人主動想當他的跟班。只要能讓谷三十郎有好感，自然也能給近藤好印象，如此一來，或許有機會被拔擢為伍長。

周平成為近藤的養子後，主動要求谷三十郎指導槍術的隊員激增。想必也是為了想接近谷三十郎吧。

「他都成了谷副長了。」

齋藤一在心中暗自嘲笑。

某日，齋藤在道場裡指導隊員練劍。

這天難得沖田、永倉、藤堂這幾名幹部也湊巧戴著護具，在道場內走動。

這時，突然有個聲音在齋藤背後叫喚。對方戴著面具，齋藤一時猜不出是誰，但旋即從護具上的紋章認出是土方。土方戴著面具說道：

「你和他的槍術較量一下。」

谷三十郎就站在前方。

「我不擅長對付長槍。」

「不，你應該能獲勝。放心吧，只要近得了對方的身，持劍者就贏定了。」

土方快步走向谷三十郎身邊，朝他說了些話，接著便對眾人宣布道：

「諸位，請就地坐下。谷師傅和齋藤要來一場示範賽。」

齋藤雖然年紀尚輕，在隊內卻是數一數二的名人。想必會是一場精采的對決，眾人皆屏息以待。

齋藤走向道場中央。

由沖田総司擔任裁判。

「齋藤兄，你想一回合決勝負，還是三回合？」

沖田出於好意，刻意如此向他問道。槍與劍這兩種不同兵器的對決，若非經驗豐富的劍客，只能使出五成的實力。沖田認為齋藤不習慣與持槍者交手，才刻意如此詢問。

「就一回合定輸贏吧。」

齋藤早已有所覺悟，反正是輸定了。

土方端坐道場中央。他認為齋藤會獲勝，想藉此挫挫谷三十郎的銳氣。

谷三十郎忽而屈膝，忽而站起，揮舞著手中的長槍，頻頻暖身。當他得知對手是齋藤時，似乎已做好心裡準備。

齋藤可就不像他這般鎮定了。

他努力在腦中思索過去與長槍交手的心得與例子。

——有對付的辦法。

師傅曾經指導他破解之道。以側身繞圈的方式接近，待槍術者一槍刺出時，再趁此瞬間畫出半圓，掃開長槍，衝向對手。

——那會是一場緊湊的對決。絲毫大意不得。

他曾聽師傅如此諄諄教誨。

「一回合決勝負。」

沖田総司朗聲宣布。

谷三十郎迅速一槍刺來。

啪！

只要掃開長槍，便能欺近對手跟前，但槍術者當然不會如他所願。

谷三十郎那三間長的長槍，竟然伸縮自如，令人驚嘆，運使得極為靈活。本以為他會一槍刺出，沒想到卻是往回收。其槍法之精妙，看在劍術者眼中，仿如長槍縮成了一尺的長度。

齋藤昂然擺出大上段架勢。

但長槍卻猛然回縮。正當齋藤心裡這麼想時，因為對槍術陌生，使得他在槍頭回縮的狀態下，中了對方的誘敵之計。

他踏步向前，欲展開攻擊。

谷三十郎就是看準了這點。

「休想！」

谷三十郎露出這樣的神情，槍頭五寸、一尺、二尺，不斷朝齋藤刺來。齋藤宛如隨著他的槍頭而起舞。

（不妙，重心上浮，姿勢不對。）

他感到羞愧。他的架勢一成不變。他告訴自己，與長槍對決，得不斷變換姿勢才行，但就是無法辦到。

不過，看在旁人眼中，齋藤的動作相當靈活。事後土方還誇他的身手簡直是出神入化。

谷三十郎的長槍忽而縮回，倏而刺出，展現出精湛的槍術，但似乎就是傷不了齋藤。若不保留收槍的力道，隨意刺出的話，會被齋藤揮劍掃向一旁。要是被一劍掃開，齋藤便贏定了，他肯定會欺身而至展開攻擊。

谷三十郎開始喘息。

齋藤也頗感疲累。

眾人都在等待他們分出勝負。這時，沖田很機伶地高喊一聲「到此為止」，判定雙方平手。

然而，谷三十郎卻感到不服。他聲稱「我已經贏了」。事後他向眾人吹噓，說他差點就要刺中了。

每次齋藤聽見這項傳聞，總會很乾脆地承認道：

「那場比賽算是我輸。我從來沒那麼狼狽過。」

想必此事也傳進了谷三十郎耳中。從此他對齋藤不再特別對待。

「齋藤，聽說你有女人啦。」

某天，他在走廊上以高姿態說道。

肯定是這樣沒錯。齋藤與本圀寺前的茶店老闆女兒走得很近，還不時會在壬生後方的農家別房和她見面。說來奇妙，這是齋藤的第一個女人。

「近藤師傅也很擔心呢。」

「真是不好意思。不過，既然身為男人，有女人也是天經地義的事吧。」

「你說話可得小心一點。你不怕我向近藤師傅報告這件事嗎？」

「請便。」

齋藤不客氣地應道。心裡很不痛快。不過是有女人罷了，我才不會想利用女人來做什麼事呢。比起拱手獻上自己的兒子，以此取得權勢的人，我要強得多了。

（新選組愈來愈難待了。）

果不其然，谷三十郎似乎對近藤說了不少齋藤的壞話。土方向他透露道：

「你好像惹惱了谷先生呢。」

所幸，不論谷三十郎再怎麼惡意中傷，近藤都不為所動。

——他的劍術非常俐落，毫不拖泥帶水。像他這樣的聰明人，這種情形相當難得。想必是人品使然。谷兄，他是個好人啊。

當時近藤還反過來誇獎齋藤。土方向齋藤透露此事。

（怎樣都無所謂了。）

齋藤對隊上的這種政治氛圍，已感到厭煩。他選擇冷漠以對，平淡度日。

四

不久，新選組發動池田屋事件。元治元年盛夏之夜的那場廝殺，前面已多次提及。

近藤在信中將此名為「洛陽動亂」。在這場廝殺中，新選組分成近藤與土方兩隊，土方隊一開始先前往鎮壓木屋町三條上的四國屋十兵衛，所以近藤的主隊只得在人手薄弱的情況下殺進池田屋內。

近藤為了守住池田屋的正門和後門（溝渠），又撥了些人把守。使槍的谷三十郎便負責固守大門。他擅使長槍，所以這樣的安排也是理所當然。

衝鋒殺敵的，只有近藤等五人。

他所挑選的當然是劍術精英。

在下僅帶數人同行，命人守住出口，衝進屋內殺敵者，僅只在下、沖田、永倉、藤堂、小犬周平五人。（《近藤書信》）

當然了，「小犬周平」並非什麼劍術高手，但大將以長子擔任副將，帶著一同上戰場，這是自古以來的傳統。昔日赤穗浪士的首腦大石內藏助，其長子主稅就相當於現在的周平。

近藤挑選周平隨行，就是這個用意。他認為周平應該不怕死，能勝任這項任務。周平擅長的武器是短矛。

時間為深夜十點左右，池田屋旅館已大門深鎖。不過，這些日子一直喬裝成旅客住在池田屋的監察山崎烝，已事先打開小門的門閂。

近藤率先走進店內。

「老闆，我等奉命前來盤查。」

他如此喚道，與前來應對的惣兵衛說了一兩句話，旋即拔刀衝向二樓。接著永倉新八從屋內的樓梯上樓。

這時，土佐的北添佶磨已在二樓遭近藤斬殺。

沖田総司守在樓下。

藤堂平助拆下大門的門閂，打開大門。這段時間，他們雖然只有寥寥數人，但每個人都沒閒著。

只有一人站在土間，無事可做，正是「小犬周平」。當他手持短矛來回踱步時，屋內展開一場激戰，幾欲就此將池田屋給掀了。一名逃脫的浪人猶如噴火般，來勢洶洶地揮刀朝周平砍來。儘管是敵人，但連近藤也誇讚他們「個個都是萬夫莫敵的勇士」。周平「哇」的大叫一聲，亂了分寸，高高舉起短矛——短矛就此被斬成兩半。

這時他理應拔刀應戰。

但他卻連滾帶爬地逃向屋外。守在門口的同志誤以為「敵人來了」，一湧而上，想收拾其性命，這才意外發現是「小犬周平」。

守在大門口的隊長原田左之助似乎對此頗為憤怒。

他怒喝道：「你是什麼人？」

「近藤周平。」

說完後，周平便躲在屋簷下，不敢出來。不久，土方隊抵達，聲勢壯大不少，他順勢混進現場的紛亂中。

齋藤一隸屬於隨後抵達的土方隊中，他率先衝進屋內，在樓梯間上下來回跑了五、六趟，殺了兩人，傷了三人，最後來到走廊。途中，走廊的掛燈掉落，現場變成漆黑一片。

突然有根短矛刺來。

齋藤一劍將它掃開，正欲追向前時，對方已經逃逸。他望著對方的背影，得知是谷三十郎後，齋藤也轉身離去，找尋其他敵人。谷三十郎應該是沒認出自己人，待一槍刺出後，才猛然發現吧。這是常有的事，所以齋藤倒也沒將此事放在心上，但日後谷三十郎卻完全不和他打招呼。和當初在那艘三十石船上的情況一樣。

（他就是這種人。）

難道他覺得和我打招呼有損顏面嗎？

不過，此人還真是長舌。

池田屋事件結束，一行人返回營區後，谷三十郎逢人便吹噓自己的功勞，好像是他獨自一人衝鋒陷陣似地，說得眉飛色舞、手舞足蹈。最後連近藤也聽不下去，板著臉對他說道：「谷兄，別再說了。」

齋藤心想，本以為他個性開朗，只是想出人頭地的欲望比人強烈罷了，沒想到他個性如此彆扭難搞。不知這是否為關西人的通病，在江戶長大的齋藤對此完全無法理解。

（這傢伙還真是複雜難懂。）

齋藤站在遠處，一臉驚訝地望著他。

總之，主動宣傳自己戰功的人比較吃香，因為在那狹窄的池田屋內，每個人的表現如何，根本無從得知。谷三十郎不斷炫耀他的戰功，而且當天晚上渾身濺滿鮮血，看來確實是相當賣力。

但有件事透著古怪。

從池田屋事件後，谷三十郎的人氣開始消退，變得猶如即將燒盡的燭火般。過程當然是漸進的。眾人表面上還是和以前一樣，但漸漸都已不再叫他「谷師傅」，而在道場上學習槍術者，也明顯減少許多。

（這是怎麼回事？）

就連齋藤也不明白箇中原由。起初他懷疑是土方在背後運作。但似乎不是這麼回事。過了些時日後他才逐漸明白，一般隊員對人的喜好其實極為微妙而且敏感。

在事變發生後，近藤將周平調離身邊，從不必服勤的身分降為一般隊員。近藤無法忍受隊上最膽小的懦夫竟是自己的養子。

近藤不讓他到自己的私人宅邸來，給予他一般隊員的待遇，路上遇見，也不同他交談。

與其說近藤無情，毋寧說他痛恨自己的輕率，竟然收這種人當養子。

近藤自己也是養子，是宗家的繼承人。他對養父有一份責任感，這是最大的原因。雖然沒與周平斷絕關係，但對待他完全沒顧及養子的情分。

周平可說是被棄如敝屣。

同一時間，近藤對周平的前任養父谷三十郎，也不像以前那般友好。就是他害我收那個不可靠的男人當養子，這股怒火（但這是說不出口的內心情感）無法宣洩，所以他開始將這鬱積心中心的憤恨訴諸於谷三十郎身上。

不過話說回來，近藤對關東武士擁有特別的情感，他寫給江戶養父的信中曾經提到「可用之兵唯有關東」，表示他並不欣賞關西武士。

夫劍者，切莫為大坂之人所用。

他也曾在寫信給故鄉的佐藤彥五郎時，如此提到。是哪個大坂人令他憎恨到這般程度，非得在寫給故鄉朋友的信中刻意提到「切莫為大坂之人所用」這麼一段話？應該不是始終為近藤和土方盡心盡力的山崎蒸。除了他之外，還有幾名大坂浪人，但個個都是一般隊員，不值一提。其中當上幹部的，就只有寶藏院流的長槍名人谷三十郎。近藤對谷三十郎的冷淡態度，竟至這種程度？

（世事還真是複雜難懂。）

齋藤抱持著這樣的念頭，還是老樣子，與眾人保持距離，過著看似憨傻的生活。

替人介紹養子的男人，以為自己藉此握有權勢，沒想到反而因此落魄。凡事實在不該過於張揚。齋藤心有所感。

不久，又發生了一件事。

一般隊員中，有個本是陸中出身的浪人，名叫田內知。他生性機伶，辦事牢靠，但某天他前去與情婦幽會時，發現女子似乎曾與水戶藩士同床。他質問女子。結果一時不察，被藏身屋內的男子所傷。田內腳部中劍倒地，那對男女趁機逃離。後來經隊上調查，對田內處以「士道不覺悟」的處分，就此走上切腹一途。

田內已有所覺悟，來到營區鋪有白沙的庭院，朝切腹的位子坐下。

他神色自若地輕撫肚皮。雖非膽識過人，但好歹也是名武士。是否真是一名武士，端看切腹時能否從容以對。雖是一種虛榮，但他們並不這麼認為。他們深信這是證明自己武士身分的唯一理由。就這方面來看，田內不過也是個極其普通的武士。

見證人是齋藤一。

持刀負責介錯者，是第七隊隊長谷三十郎。

谷三十郎纏上白色的束衣帶，將裙褲下襬塞進衣帶裡。模樣威風凜凜。

「我乃谷三十郎。」

他遵照介錯的規矩，向田內報上姓名。神色仍舊倨傲如昔，切腹者反倒顯得令人同情。田內不以為意，分別向介錯人、見證人、近藤、土方等人打過招呼後，便依照從小接受的指導，舉刀刺進自己左腹。

田內想把刀劃向右方，無奈使不上力。就正規的形式來說，接著還要拔出短刀，改刺向胸膛下方的心窩處，握住刀往下壓，從胸口剖向肚臍。但一般而言，介錯人為了不讓切腹者如此痛苦，會視情況加以斬首。

但站在背後的谷三十郎，卻始終劍尖指天，望著痛苦的田內。他可能是想說——既然身為武士，就該做完切腹的動作。

田內再也無法忍耐，向他催促道：

「谷師傅，拜、拜託您……」

谷三十郎頓顯狼狽。他立刻一刀斬落。但刀卻被田內的頭骨彈開，田內因這記重擊而倒地。「谷師傅，您鎮靜一點。」田內大喊。但谷三十郎已方寸大亂。他本想瞄準頸部，卻失去準頭。第二刀斬向田內的下巴，又再度被彈開。

田內渾身是血，痛苦地扭曲著身子。第三刀砍向肩胛骨，第四刀砍中臉部。田內猛然站起身。

由於滿臉是血，他雙眼已無法視物。他想制止谷三十郎，放聲大吼，胡亂揮舞著短刀。

一般來說，介錯人有主副兩位。若主介錯人失手，便立即由副介錯人出手。但不幸的田內，此時只有谷三十郎一名介錯人。

谷三十郎揮動著大刀追向田內，完全不管是手臂、手腕，還是臉，一陣亂砍。這場切腹當真是前所未聞。站在外廊上觀看的近藤和土方，目睹這慘不忍睹的一幕，臉色鐵青。

齋藤擔任見證人。

但他早已看不下去。

他移步向前，拔刀斬向田內。田內首級落地，就此從痛苦中解脱。

「谷師傅，我要檢視。」

齋藤回到座位上，如此説道。

「咦？」

「檢視首級。」

照道理，身為介錯人的谷三十郎，必須右手執起首級的髮髻，左手托在首級下方，右膝跪地，呈給擔任見證人的齋藤觀視。

這是規矩。

但谷三十郎早已亂了方寸。

「不必了。」

外廊傳來這個聲音。是近藤。他就此起身離席。

五

「齋藤，你未免也太胡來了吧。」

數天後，谷三十郎鐵青著臉，向齋藤興師問罪。起初齋藤還愣了一會兒，不明白是怎麼回事。

——那天介錯時，我正要一刀斬下，你卻在一旁大叫一聲，亂了我的呼吸。

谷三十郎如此說道。

「我不記得有這種事。」

「你是男人的話，就大方地承認吧。你也太卑鄙了吧。」

「卑鄙？」

大雨落向庭院。

齋藤望著這場雨，心想，這個男人該不會是瘋了吧。但為了謹慎起見，他還是伸手移向刀柄，反問道：

「谷師傅，你該不會是想找我決鬥吧？」

谷三十郎仍繼續虛張聲勢。

「我已向近藤師傅報告過此事，他早晚會約談你。等那之後再說吧。」

谷三十郎就此離去。

介錯事件發生後，谷三十郎的風評一落千丈。他似乎自己想出了什麼挽回名聲的好方法。

「齋藤。」

當天夜裡，土方將齋藤喚至副長室。

「是關於谷三十郎的事。」

齋藤心想，就土方這位喜歡駕馭的男人而言，近藤周平的前任養父應該是他的眼中釘。

「你應該已經聽說了吧。」

「聽說什麼?」

「關於上次介錯的事，谷三十郎四處向人誹謗你呢。」

「真是無聊透頂。」

「不過，有人說你卑鄙呢。身為武士，不能任憑別人如此嘲笑。」

土方話只說到這裡，便立即轉移話題，改聊些無關緊要的閒話。

數天後，齋藤在祇園社的紅色樓門內，望著腳下市街的豪雨。

（這雨真大。）

空中烏雲突然轉暗。想必已日落西山。街上不見行人，隨著夜幕降臨，雨勢也變得驟急。齋藤等候谷三十郎到來。那是慶應二年四月一日。

（谷三十郎這個人還真是古怪。）

齋藤想起當初第一次與他在八軒家三十石船內相遇時的情景。

（他並不是什麼壞人。）

但在人群當中，他絕不會是個討喜的人物。他多少帶有一點才略和野心，但這只會幫他帶來不幸。

（他當初加入新選組，就是個錯誤的決定。）

齋藤驀然望向右手邊的八軒茶店。果不其然，谷三十郎在妓女的恭送下走來。他高舉著傘，那名妓女笑咪咪地緊黏著谷三十郎而行。不久，兩人揮別，妓女朝風吹來的方向微微收傘，右手撩起裙襬，快步離去。

（是那名妓女。）

他已從監察山崎蒸那裡詳細聽聞此事。谷三十郎迷上某位妓女，接連三天都到青樓光顧，可憐的是，對方似乎對他沒什麼興趣。

（他就是這樣的人。）

齋藤打開傘，步出樓門，緩緩走下石階。

「谷師傅……」

齋藤將手中的短矛拋向他。

「請與我決鬥吧。」

「什麼？」

谷三十郎拾起短矛，目光為之一亮，絲毫不敢大意。

「是土方的指示嗎？」

「我不知道。我只是因為個人的因素，想和你決鬥，才在這裡等你。」

「你這傢伙……」

谷三十郎拋開手中的油傘。

持槍而立。

齋藤左手持傘，朝他走近，接著也拋開油傘。

谷三十郎似乎只要一遇上重要場面，便會亂了手腳。他見齋藤拋出油傘，旋即一槍刺出。齋藤拔刀砍向來槍，刀鋒緊黏著槍身，順勢已欺近谷三十郎跟前。

谷三十郎想拔回短矛。

他使勁往回抽。

但已然太遲。

被齋藤一刀斃命。

事後，近藤的養子周平在隊內一直過著抬不起頭來的生活，後來在鳥羽伏見戰役時，趁亂逃逸。

據聞他後來前往東京。就此杳無音訊。

彌兵衛的奮戰

一

「你用了個怪人呢。」副長土方歲三道。

近藤打算用他當隊員。他的本領相當高強。

「他看起來人品不錯。參謀伊東（甲子太郎）也建議我非用此人不可，要是阿歲你不能諒解的話，那我可就傷腦筋了。」

伊東雖是參謀，但在隊上的地位等同副長土方。他從江戶帶來許多同志和門人加盟，在當時仍深受近藤信任。

伊東率領數名隊員沿著六角通往西巡邏時，在鼠突不動尊前的路上，遇見兩名武士在爭鬥。

伊東拔劍欲從中勸解時，其中一人一躍而起，迎面朝另一人斬落，接著向後躍離，朗聲道：「知道厲害了吧。」

此人就是土方口中的「怪人」，富山彌兵衛。

伊東也沒問對方所屬藩名為何，便從他那理得特別開闊的獨特月代髮型，看出他是薩摩藩士。而且從他剛才的刀法也可看出一二，那正是人稱薩摩御流儀的示現流刀法。

看過他那淩厲的刀法，以及死者臉部被一分為二的死狀後，更加證實這點。

不過，他長得其貌不揚。不但臉上沒什麼表情，還略顯肥胖，體型十足的農民模樣，不像是高階武士出身。想必家裡是薩摩或土佐藩制裡的「鄉士」，雖沒有俸祿，卻繼承祖先傳下的小塊田地，享有藩內賜予的免租權及武士待遇。

他斬殺的對手，從懷中的名牌得知，是芸州藩士，姓佐倉。

「您這是私鬥嗎？」

伊東以他慣有的口吻客氣地問道。

「正是。」

也許是面無表情的緣故，此人看起來頗為沉穩。

富山有問必答，但並不多話，而且鄉音頗重，伊東幾乎完全聽不懂他在說什麼。簡言之，好像是在路上突然與人起衝突。富山踩了佐倉的腳，他向對方道歉，但因為態度不夠柔軟，引來誤會，被視為他的道歉方式傲慢不遜，就此展開決鬥。

不得已，他只好拔劍斬殺對方。

伊東並非在偵訊此事。新選組的工作是追捕擾亂市內治安的浪人，以及自去年蛤御門之變後淪為「朝敵」的長州人。對於有正當身分的藩士，則是依法交由所屬藩國處置。

「我們會通報奉行所及芸州藩邸。不過，富山先生，想必這會在兩藩之間引發不小的紛爭。」

當時已是日暮時分。

「我已做好切腹的心理準備。」

富山說。

「但話說回來……」

伊東發揮他的三寸不爛之舌。

「此時正值國家多事之秋，損失閣下這等有為人才實屬可惜。不知您可否願意就此脫藩，成為我們的同志呢？」

對伊東而言，薩摩藩士充滿吸引力。雖然他加入新選組，但討伐幕府才是他的初衷。

如果可以，他甚至想說服近藤，讓新選組就此成為支持勤王的義勇軍。

不過，伊東為常州志津久出身，於江戶展開劍術修行，不曾與薩摩藩士往來。

（真是奇貨可居啊。）

他心中暗忖。認定這是接近薩摩藩的大好機會。

當時為慶應元年。

薩摩藩於去年夏天與會津藩合作，將長州軍趕出京都。就這點來看，薩摩表面上與身為佐幕勤王派龍頭的會津藩站在同一陣線。

其實完全不是這麼回事。雖然薩摩藩不像長州藩那般激進，卻是徹底瞧不起幕府。長州藩失勢後，它是批判幕府的最大勢力，沒人知道它何時會隨著情勢變化，而改為主張倒幕。

幕府也相當擔心害怕。畢竟說到薩摩藩，其藩兵素以強悍著稱，而且兵力居日本之冠，從上代藩主齊彬的時代起，便以兵制洋化為目標，論財力更是雄厚。

再加上薩摩藩的民情特異，他們秉持絕對統轄主義，人人遵從藩命，一絲不苟。除了伊東甲子太郎外，大家也都認為，薩摩藩雖然不像長州那般輕舉妄動，但總有一天它將會撼動天下。

當初長州藩在京都權盛一時，惹來許多流言蜚語，說長州藩主野心十足，準備擁天子自重，當上將軍。

此事連薩摩藩的西鄉吉之助（隆盛）也信以為真，甚至還寫信給藩內的同心提道「若不打倒長州，則薩摩藩危也」，足見主張勤王的兩藩之間形同水火。

薩摩藩仗著狡獪（長州志士如此認為）的政治直覺，與主張佐幕的會津藩聯手，讓長州淪為「朝敵」，趕回其藩國。

少了長州後的京都政界，開始採取對抗幕府的傲慢態度，總認為「幕府算什麼東西」。對抗幕府的激進分子當中，又以京都藩邸內掌管藩國外交的大久保一藏（利通）為龍頭。

說薩摩藩是火藥庫亦不為過。

（不可以隨便刺激他們，點燃這座火藥庫。）

幕府和會津藩也是同樣的心思。當然了，由會津藩代管的新選組，也同樣極力避免與薩摩藩士衝突。

當時就是這樣的政治情勢。

伊東甲子太郎是個敏銳的人，所以他心想——

（薩摩這頭獅子不可能一直沉睡，牠早晚會起身咆哮。）

他想早點替自己鋪路。若能以薩摩藩當靠山，奪下新選組，也是個辦法。

眼前這位富山彌兵衛正是個機會。

必須先賣他個人情。

隔天，伊東前往位於錦小路的薩摩藩邸，要求與大久保一藏會面。但大久保避不見面，派出當時專門接待遊說浪人的鄉士中村半次郎（日後的桐野利秋）接見伊東。自文久二年發生寺田屋事件後，薩摩藩便定下方針，盡可能不與別藩的藩士或浪人私下往來。

就這點看，昔日在京都耀武揚威的長州藩，不斷在藩邸內收容諸藩脫藩浪士，行徑如同梁山泊一般，兩者的作風截然不同。

半次郎外表看來體格雄偉，態度卻一點都不粗枝大葉。

「富山彌兵衛！」

他一臉訝異地說道。

「敝藩並無這樣的人物。」

伊東不愧也是號人物。他看出半次郎在說謊，卻依舊面不改色。

「是嗎？總之，有人自稱是貴藩藩士，所以真假姑且不談，請聽在下描述經過。」

伊東說道：「昨晚，我目睹兩人爭吵的部分經過，明顯是芸州藩的藩士態度惡劣，富山先生並沒有錯。若日後兩藩之間引發糾紛，在下可擔任目擊者，為薩摩藩作證。」

但西鄉和大久保已向中村半次郎交待過藩內採取的態度。

「裝蒜到底。」

因為晚昨富山返回，報告那起事故，表明想切腹時，藩內加以制止，將他放逐。一切只因擔心和芸州藩引發摩擦。他日薩摩若要起事，芸州藩（淺野家四十二萬六千石）或許會一同挺身而出，所以藩內一直在促進彼此的友誼關係。

他們可不想這時候因為富山彌兵衛這起事件，而壞了彼此的友好關係。所幸富山彌兵衛雖是薩摩藩大隅的鄉士出身，卻是家中的次男，未能繼承家業，因而前往鹿兒島城，擔任高階武士本庄家的家臣。就藩內來說，他算是陪臣，武士名冊上甚至查無此人。

「彌兵衛，你的勇猛沒辱沒薩摩的武士名聲。但你若是切腹謝罪，將事情鬧大，此事便會外傳。你要銷聲匿跡，待日後時機到來，我會再找你回來。」

高階武士西鄉以宛如和老友聊天般的口吻，說服這位陪臣。

富山對西鄉的態度大為感動。

「在下這條命，就交由西鄉大人處置了。日後您若需要我彌兵衛這條賤命，就儘管拿去用吧。」

說完這句話後，富山收下西鄉送他的些許餞別金，就此離開。

「總之，我們藩內沒這號人物，您請回吧。」

「既然如此，那如果在下找出那位勇士，將他留在新選組內，想必貴藩也不會有意見囉？」

「不會。」

然而，伊東回去後，大久保一藏聽完中村半次郎的報告，再度思考此事。

「將彌兵衛留在新選組內？」

大久保對此也覺得有趣。

「既然如此，乾脆說服彌兵衛，讓他當內間吧。」

內間一詞出自《孫子兵法・用間篇》：「故用間有五：有因間，有內間，有反間，有死間，有生間。」

所謂「內間」，是深入敵人內部刺探情報的間諜。

大久保要他加入新選組當間諜，但事實上，薩摩藩當時還未與新選組作對。不過，在明白京都守護職的動向以及會津藩的內情，了解日後雙方非敵對不可後，他便想到，在新選組這個先鋒機關裡查探情報，其實是最方便的辦法。

「半次郎，就拜託你向彌次郎下達指示了。」

二

因此緣故，十天後，儘管伊東甲子太郎早看穿一切，但還是佯裝毫不知情，向近藤介紹富山彌兵衛。

「薩摩人是吧……」

就連近藤聞言後，也不禁板起臉孔。這就像眼睜睜讓間諜加入隊上一樣。

「不過近藤先生，富山現在已回不了薩摩藩，而且他對藩內的處分充滿憎恨。況且，一旦讓富山加入我們陣營，不就能得知薩摩藩的內情嗎？萬一富山的態度出現可疑之處，在下定斬不饒。」

「此事就交由伊東兄處理吧。」

富山一開始便被任命為伍長。他的劍技受到賞識。

（近藤的喜好可真古怪。）

土方暗忖。

土方不太喜歡和伊東派的隊員交談，所以對富山也一樣，總是保持距離觀察他，不和他說話。

不過，富山頗受歡迎。

因為他是新選組成立以來的第一位薩摩人，在隊員當中算是鳳毛麟角，而且他個性質樸。

還有另一個原因，那就是隊員聽不懂富山說的話。

「簡直就像外國人一樣。」

這也讓人覺得他可愛。儘管大家都嘲笑他的口音，但富山也不生氣，總是以他那張肥臉微笑以對。這種和氣恬淡的態度，眾人都很欣賞。

「他還和毛內筆談呢。」

甚至有人如此嘲笑道。

毛內有之助監物★出身於日本東端的津輕藩，個性直率、學問淵博，對伊東甲子太郎頗為崇拜。不過，他有濃厚的津輕口音，常聽不懂他在說些什麼。新選組的母藩會津，常有公用人造訪營區，身為隊上「文學總教頭」的毛內常出席接待。

這時候，他會和會津藩派來的人多方交談，但也常難以溝通。

「既然同樣來自奧州★，應該是可以溝通才對，沒想到還是溝通不了，真是奇怪。」

監物：職務名稱，負責管理諸官廳倉庫鑰匙、監督出納事務。

奧州：昔日磐城、岩代、陸前、陸中、陸奧五國的舊稱。相當現今的福島、宮城、岩手、青森四縣。津輕藩位於青森縣，會津藩位於福島縣。

眾人都覺得好笑。

更何況富山是日本西南端的薩摩人，與毛內對話不可能說得通，所以他們取出紙筆，以文字展開筆談。

「看來，富山這個人還不錯。」

富山彌兵衛並不以鄉音為恥。他明白自己在隊上就是要這樣才可愛。

（他一點都不傻。）

厲害的土方歲三，已察覺出這點。

（對他得小心提防才行。）

儘管心裡做如是想，但富山的可愛，就連土方也曾難以招架。

某日，土方戴上護具，在道場上對隊員展開嚴格的指導。這時，他突然望見身穿練習衣的富山彌兵衛。

聽說他在鼠突不動尊的路上展現過驚人劍技。土方對他充滿好奇，想知道他究竟有多大能耐。

「富山，戴上面具和護手。」

「……」

富山一臉困惑地說了些話。但聽不懂他所言為何。

奇妙的是，一旁的津輕人毛內，竟然替他當起了口譯。想必是兩人藉由筆談日漸熟絡，不知不覺間，毛內已比任何人早一步理解薩摩方言。

「他的意思好像是不懂護具的戴法。」

「不懂？」

土方頓時明白是怎麼回事。示現流採木刀練習，不像現今流行的練習方式那樣，戴面具和護手，用竹劍對打。而且他們的木刀練習，也不同於一般的傳統流派，是採用獨特的練習法。

「毛內，你替他穿戴吧。」

「是。」

毛內很認真地在一旁幫忙，替富山戴上護具，讓他握好竹劍。

「請您賜教。」

語畢，富山踏步向前。

「儘管攻過來吧。」

富山凌厲地一劍擊來，土方立刻出劍加以掃開。不過，富山這一劍雄渾的力道，就連土方也從未體驗過。

（難怪鼠突不動尊的那位芸州人會被剖成兩半。）

土方頗感驚奇，但他接著發現，富山不懂其他變化的劍招。他始終都是以上段架勢擊向臉部或肩頭。從頭到尾就這一招。土方出劍反擊，結果富山就像木偶般，輕易中劍。

（不會是在演戲吧？）

土方甚至有這種感覺。

「土方師傅，在下甘拜下風。」

「還沒完呢。」

土方以劍尖追擊而至，富山以滑稽的動作不住後退，最後跌坐在入門階梯上。

「您饒了我吧。」

由於他的模樣過於滑稽，就連臉上少有笑容的土方也朗聲大笑。

「富山，你可真是個怪人。」

翌晨，富山買來了三十根粗約一寸、長約三間的木條，一根一根插在道場旁空地上。

「這是幹什麼？」

土方來到外廊，富山笑嘻嘻地朝他低頭行禮。

土方也曾聽聞，這是示現流的一種練習法。

——我竹劍雖然不行，但你們看著好了。

富山似乎是這個意思。好個孩童般天真無邪的男人。

富山手握一根約四尺長的木棒。

接著，他發出「呀」的一聲怪異呼喝，衝進那些林立的木條中，迅如疾風地四處奔馳，不斷揮棒擊打。迅速的身影、凌厲的刀法，令人看了倒抽一口涼氣，暗暗思忖（原來這就是薩摩的御流儀）。

這正是實戰刀法。想必他心想，就算土方模仿他這麼做，也無法表現得這般俐落。

接著他搬出一個古怪的台座，上面放了約莫二十根半寸粗的成捆木柴，以充當木刀的木棒加以擊打，並發出「呀」的呼喝聲。他不斷擊打，速度快得令人眼花繚亂。

土方走下庭院，向他說道：「也讓我試試。」拿起富山的木棒。

開始擊打。

成捆木柴的力量反彈而回，令土方手掌痛得發麻。

他一再揮棒擊打，但不論是攻擊的力道還是速度，都遠不及富山。

「嗯，我比不過你。」

土方拋出手中的木棒，富山畢恭畢敬地將它拾起，並以無邪的笑臉應道：「不，熟練後就沒什麼了。」

他那微笑充滿昔日戰國武士的風采。

（這就是薩摩隼人★是吧。）

土方就此對他帶有些許敬畏和好感，至少不認為他是間諜。像他這樣的男人，應該當不了間諜才對。

三

不過，薩摩藩的大久保一藏明白，富山彌兵衛天生就是當間諜的料。

富山平均會每個月一次化身為商人，悄悄來到大久保在石藥師通寺町東入租借的一戶人家，從後門進入。

他會敏銳地道出自己透過新選組隊務所看出的會津藩內局勢、人物，以及傳聞。

「有沒有人懷疑你的身分？」

隼人：日本古代居住於薩摩的隼人一族，以剽悍聞名。到了近世，由於薩摩崇尚武風，所以薩摩藩士或鹿兒島縣的男子，都通稱是「薩摩隼人」。

「沒有。」

他以和善的圓臉莞爾一笑。大久保深切覺得，就是這種大智若愚的人物，才能扮演好間諜的角色。

「就算被人發現，你也別切腹。要趕緊逃命。」

「不，我會和他們同歸於盡。新選組裡比較難對付的，約莫有四、五個人。」

富山神色自若地說道。

有件事忘了提，富山彌兵衛年紀輕輕，便已滿口爛牙，每當牙痛，他便以拔釘鉗伸入口中，使勁拔出蛀牙。

每次都弄得嘴裡鮮血直流。

某次他造訪大久保家時，口中牙齒已所剩無幾。

「你又拔牙啦？」

大久保蹙著眉頭問。

「是的。」

富山笑著應道。看見他的微笑後，大久保再次心有所感地暗忖（他果然天生就是當間諜的料）。自己動手將牙齒連根拔起，這種痛苦不是常人所能忍受。

富山的臉活像一名老翁。

當他拔掉最後僅剩的兩顆門牙時，土方大為驚詫。

「富山，你怎麼啦？」

土方笑著問。

由於微笑時只露出牙齦，所以他的面相變得比以前更討喜。

土方一時忍俊不禁，笑出聲來。同樣是和富山的牙齒有關，但土方和大久保的感想卻截然不同。

（這種面相的人，不可能會是間諜。）

「這樣沒辦法咀嚼吧。」

「不，這樣反而……」

富山轉頭望向毛內。毛內代為解釋。

「這樣牙齦反而會變硬，所以牙齒全掉光了，反而比較方便吃東西。」

「你可真逗。」

當他拔光牙齒，悄悄前往大久保家中時，大久保心中有另一種感想。

「富山，你打算犧牲生命是嗎？」

想必富山是對自己的生命不抱期望，才會對牙齒這麼不在乎。

富山矍然一驚。經大久保這麼一說，他才發現自己心裡確實是這樣的心思。他的壽命有限。他自認已沒幾年好活，所以才會對牙齒毫不在乎，每次一有牙痛，便動手拔除。

這天，正好西鄉前來。

「你不好好愛惜身體，這樣是不對的。」

他一臉認真地說道。西鄉不像大久保是個法家思想者，儒教思想深深滲進他骨子裡。「身體髮膚受之父母，不敢毀傷，此乃孝之本。」真不知他是真糊塗，還是假糊塗，竟向這位間諜說了又臭又長的一番大道理，不斷重複道：「這樣是不對的。」

隔年，伊東向近藤提出拆夥的要求。

在那段時間前後，富山私底下動作頻頻，但近藤和土方渾然未覺。

富山彌兵衛從老早以前便向大久保提議：

「請務必與伊東甲子太郎一晤。」

他每次見到大久保，便會提及此事，但大久保始終未曾答應。

「他是新選組的人。光憑這點，他絕不會是什麼好東西。」

大久保不光是這樣說。

「他甚至還想背叛新選組呢，不是嗎？」

他對伊東極為輕蔑。

西鄉也是同樣的態度。

他們兩人此時正與朝臣岩倉具視暗中策劃，要上演一齣驚天動地的大戲。在土佐的坂本龍馬居中斡旋下，薩摩與昔日水火不容的長州也秘密結盟。如今他們正要撼動歷史。

就他們這些高格調的人來看，那些以殺人為樂的傢伙，層次實在太低，他們根本就不屑一顧。

「對應的事，我已交由中村半次郎處理。有事就找中村商量吧。」大久保總是如此回應。

每次伊東甲子太郎聽完富山的報告，總感到沮喪萬分。

伊東多次將自己所寫的尊王詠歌交給富山，並對他說道：「請代為轉告，說這是伊東的真心。」要他呈交大久保觀看。

當時大久保只瞥了一眼，便以同樣的老話說道：「由半次郎處理。」

不過，眼看討幕的時機即將成熟，大久保和西鄉決定開始準備在京都舉兵，頻頻向薩摩藩傳送密件，催促早日率軍北上。

但在藩內，藩主的生父久光至今仍抱持公武合體的中間看法，而且大部分出身名門的重臣，都有濃厚的佐幕色彩，儘管討幕派的重臣小松帶刀等人全力推動此事，始終還是無法走到舉兵進駐京都這一步。

大久保開始感到焦急。最糟的情況（最後果真如此），只好靠分駐於京都錦小路、今出川、岡崎等地的京都藩兵起事。

當然了，大久保並非只會乾著急，他頻頻與長州、芸州家老辻將曹、土州重臣坂垣退助等人展開交涉。

但長州軍遠在長州藩內，芸州、土州的藩內意見又紛亂不一，結果難料。

（要像昔日的長州那樣，組成浪士隊嗎？）

不，眼下就有浪士隊。土佐志士中岡慎太郎率領的陸援隊，就駐守在白河村百萬遍（現今的京都大學本部附近）。以長崎港為據點的坂本龍馬私設艦隊（海援隊），應該也會從海上前來支援。

但光是這樣還是教人不太放心。

（要用伊東甲子太郎嗎？）

一直到慶應元年歲末，他才下定決心。

「富山，我和伊東見個面吧。」

某天他突然如此說道。這時，他是抱著冒險一試的心情。薩摩人的特質便是現實主義。就這點來看，與英國的外交方式頗為雷同。他們不像水戶人那樣執著於理想，也不像長州人那般好講道理。一旦情勢改變，有其必要，不管對方是誰，都能攜手合作。最好的證據，便是一年前（元治元年）他們與思想上理應水火不容的會津藩合作，將理念相近的長州藩趕出京都。

這次他們又改與長州合作，討伐以會津為前鋒的幕府。所以從其變化多端這點來看，薩摩人可說是日本最有政治能力的種族。至少就幕末時期薩摩藩精采的現實外交來看，幾乎可說是已達到藝術的境界。

且說，伊東甲子太郎悄悄前往大久保指定的祇園花見小路一力亭赴約，是正月二日的事。

他頭戴山岡頭巾，假裝是為了禦寒，身穿無紋的黑皺綢短外罩，下半身為仙台平裙褲，腰間插著蠟色刀鞘的長短刀，刀鍔的格子圖案底下為菊花金象嵌。任誰看了，想必都會誤以為是某大藩的留守居役。

此外，他的容貌白淨俊秀。長長的臉蛋，有一對異常烏黑的雙瞳，唇形散發一股獨特的氣質。說他與土方歲三並列為壬生浪士的副統領，恐怕沒人肯信。

「在下為鈴木。」

他在玄關報上昔日的舊姓。大久保已事先吩咐過，准許他入內。

他被引往屋內。

大久保環抱修長的小腿，等候他到來。大久保骨架健壯，前額像岩石般高高隆起，眼窩凹陷，給人強悍之感的鼻梁，令他的五官顯得緊繃。

他身穿薩摩的白點碎花和服，輕便地套著一件高褲襠裙褲，長短刀就放在房內角落。

「嗨。」大久保笑著打招呼。

伊東就坐。

「這時候還請您跑一趟，真是辛苦您了。」

他的眼神銳利如鷹。不過，他同時帶有薩摩人愛開玩笑的一面。

「這家料理店啊……」

大久保豎起小指。

「有我一位老相好，名叫阿悠。今天本想請她親自接待伊東先生，但在下聽聞一件重要的事之後，就此打消了這個念頭。」

「什麼事？」

伊東向來不苟言笑。

「您這話是什麼意思？」

「哎呀，我聽說伊東先生長得眉清目秀，心想，要是她被您搶走，那就糟了，所以我一直擋著不讓她出來。」

伊東完全沒笑。

兩人就此談論起國事。

大久保開門見山地說道：

「您準備退盟對吧？」

下人端來了酒菜。

待下人離去後，伊東應道：

「在下是有此打算。」

「何時行動？用什麼方法？」

大久保與西鄉不同。他得聽完縝密的計畫後才能接受。

伊東詳細道出他的計畫。

大久保使勁往膝蓋一拍。

「好！經費就由我薩摩藩來負責。」

接下來是喝酒的時間。一旦決定喝酒，不論伊東再怎麼搭話，大久保也絕口不提國事。這就是薩摩人的作風。而且，在酒席間談論國事，也許會因為酒醉而脫口說出自己意想不到的事，或是被對方打聽出藩內的情報。默默採取行動，這是薩摩藩的傳統外交手法。

「富山彌兵衛受您照顧了。」

大久保只說了這麼一句。

「哪裡，他是個好漢。而且能力過人。」

「沒那麼厲害吧。他只有一個能力，那就是隨時都能輕鬆地切腹自盡。不過，長期以來，薩摩人一直將此視為武士的能力，用心培育。在那起鼠突不動尊的事件中，彌兵衛當時立刻回到藩邸，打算切腹謝罪。只因為有人出面勸阻……」

那個人就是大久保。

「他才打消這個念頭。若是一般的藩士，一定會一直嚷著要切腹，但富山卻很乾脆地停手。因為他認為切腹不是什麼值得大呼小叫的事，隨時都能動手。這種處之泰然的態度，正是我薩摩人本色。」

四

（富山還真是扮豬吃老虎啊。）

土方歲三在這時候終於察覺此事。

土方一直以為富山是個只會說薩摩方言的大老粗，但某夜，他沒提燈籠，僅藉著星光，走在堀川旁的道路，往位於花昌町的營區走去。這時，他驀然發現前方花橘町的土橋上，有盞燈籠往東而行。

橋上有兩道人影。

土方靠向一旁的柳樹，因為對方看來像是不法的浪人。

但仔細一看才發現，原來是毛內與富山。

（搞什麼，原來是津輕和薩摩這兩個人啊。）

由於正好有風吹來，兩人的交談聽得相當清楚。似乎正在聊彼此的家鄉。

但令土方吃驚的是，富山說著一口清晰的普通話，相當於備前★的水準。

而且他說得極為流利，不像是最近才剛學會。

備前：古國名，相當於現今的岡山縣東南部，離京都不算太遠。

（原來他是拿薩摩方言當幌子。）

土方立即恢復原來本色。一旦他對某人失去信任，便會看透對方的弱點、表裡，甚至是心靈深處。

數天後，他仔細觀察富山，發現他的舉止確實可疑。不，還不到可疑的程度，但當他與伊東派的人於走廊上擦身而過時，表情頗耐人尋味。

他馬上吩咐監察山崎蒸著手調查。

富山果然行徑可疑。他只是區區的伍長，卻常光顧祇園的「立花」。而且同行者大部分是伊東派的篠原、加納、服部等人。

（他們在策劃謀反。）

事情的開端，發生於慶應二年九月二十六日，伊東甲子太郎公開以「希望在隊外一同合作」為由，向近藤、土方提出退盟的要求。

（想投靠薩摩是吧。）

土方有此直覺。

想必是富山彌兵衛居中牽線。

當時近藤、土方早已決定要取退盟的伊東性命，但真正的問題在於富山。

「近藤兄，薩摩人終究是薩摩人。」

土方如此說道，但近藤仍未改之前對富山的印象。

「是嗎？他不像是叛徒，而且伊東在報出同志的名字時，並沒有提到他的名字。」

「伊東是個聰明人。他要是報出富山彌兵衛的名字，就如同宣布自己將投靠薩摩。」

「真是這樣嗎。」

近藤一臉茫然。

富山彌兵衛那薩摩武士的形象，已深深擄獲近藤的心。

「你可真是個好人。」

「阿歲，你原本不是也很欣賞富山嗎？」

「那是一開始。不過，這就像原本疼愛的貓咪，突然意外變成了老虎。近藤兄，薩摩人很快就會回歸薩摩人身邊。他們與其他藩國不同，非但毅力過人，且個性剛烈。富山雖然暫時脫藩，無法回歸藩內，但在戰國時代，就算被罷黜，淪為階下囚，只要在戰場上奮勇殺敵，立下戰功，便可盡棄前嫌。薩摩藩仍留有戰國時代的風氣。富山想必就是在等待機會。就是富山在背後運作，讓伊東一派脫離新選組。」

「阿歲，這件事就交給你辦。」

土方回到自己房間。

（派誰對付他好呢？）

他驀然想起去年剛入隊，隸屬於第五隊的上州浪人平野一馬。此人雖只是一般隊員，卻是神道無念流的高手。

土方立刻召喚他前來。

平野一馬的眼角和嘴角猶如潰爛般乾裂，整張臉如同往上拉扯般，長相怪異，人們都說他強悍有如豺狼。

他劍術精湛。之所以沒拔擢他當伍長，是因為擔心選他當幹部，隊上恐會紛爭不斷。

平野到來。

「隊上有間諜。」

土方低聲說道，取出懷紙，寫下「富山彌兵衛」五個字。

「交給你處理。當然了，以你的本事，應該是沒問題才對。若能成功斬殺他，我就論功升你為監察。」

監察的位階比伍長更高一級。

平野的表情起了變化。想必追求功名之心湧現，難以克制吧。

但他的外表仍舊陰暗。

「看你的了。」

「遵命。」

從那天起，只要富山彌兵衛外出，平野也一定會離開營區。

十月十二日。

日暮時分，富山沿著七條通往東而行。來到東本願寺南方的中居町一帶時，太陽已沒入山頭，路上提著燈籠來來往往的行人漸增。

所幸有一輪明月。

即便沒提燈籠，走在路上也不會感到任何不便。

走在前方的富山彌兵衛突然朝路旁蹲下，原來是朝插在腰間的騎馬燈籠點燈。他每走一步，燈籠便隨之搖晃。正好充當平野的指標。

轉眼已來到位於七條的遊行寺旁。

這是室町時代興起的小宗派時宗★底下的寺院，這間寺院奇特之處，在於它是屁股面朝大路七條通。

亦即後門位於大路上。

理由很清楚。遊行寺負責管理東側的火葬場。中京區以南的市民，死後都在這裡火葬。

如今七條通這一帶已是繁華鬧街，但在當時，七條通來到這一帶，便可算是鄉間。

時宗：淨土教派的一宗。

由於人們對火葬場多所忌諱，所以附近沒有人家，也無農田，只有矗立於荒煙蔓草中的遊行寺與火葬場。

火葬場似乎正冒著白煙，有股說不出的難聞氣味。

（富山真是走運，在火葬場旁被我斬殺……）

平野一馬為了繞到富山的去處前方埋伏，特地走進南側的草叢裡，快步繞至富山前頭。

他繞過火葬場後方，繼續往前飛奔。

（這樣應該行了吧。）

他如此暗忖，朝路旁蹲下。

富山的燈籠逐漸走近。每走一步，燈籠便分三段搖晃，顯得滑稽可笑，但平野現在可沒心思笑。

草叢中蟲鳴聲四起。

——要躲過示現流的第一刀。只要躲過第一刀，接下來的劍法並不足為懼。

土方曾如此提醒他。

平野一馬已做好心理準備。

（我要猛然從草叢中站起身，挫挫敵人的銳氣。）

他如此抱定主意。

不久，眼前清楚浮現富山彌兵衛矮短的身影。

平野的刀鍔微微離鞘。

十五間。

十間。

七間。

六間。

他屏氣斂息，估算兩人的距離。

（好！）

平野站起身時，兩人之間僅有三間的距離。平野也算是一身豪膽，毫無畏懼。

然而，富山就像要化解這來勢洶洶的氣勢般，氣定神閒地問道：「你是什麼人？」

平野緊繃的神經就此瓦解，開始扭曲變形。

他完全洩了氣。

「喝啊！」

他朗聲呼喝，以上段架勢疾斬而下。富山向前邁出一步。

活著邁出這一步。

就此從平野身旁走過。

當他通過後，平野一馬那臉部被剖成兩半的屍體，以想要抓取明月的姿勢仰躺倒臥，就此斷氣。

從此，這位自薩摩脱藩的伍長富山彌兵衛，他那可愛的身影未曾再出現於新選組營區內。

他逃往今出川，來到前身是近衛宅邸的薩摩藩邸。

正好西鄉也在。

「哦，是彌兵衛先生啊。」

他還記得富山。

不過，富山對剛才斬殺新選組隊員一事，卻是隻字未提。

沒特別理由。

只因他覺得此事不值一提。他只對西鄉說有事相求。

「請暫時容我在此藏身。」

「哦，當然沒問題。」

西鄉隔天便離開藩邸。此刻他想必正忙著準備舉兵的事宜。

當時伊東只表明脱隊的立場，仍留在隊上，富山不知該如何與他聯絡。

（至少也該讓他知道我人在這裡。）

他心一狠，索性剔了個光頭。

他的光頭皮因為長期日曬，呈現紅褐色。那光頭模樣實在不大好看。

而且嘴裡沒半顆牙。

那張臉古怪至極。於是他從妙心寺弄來一套行腳僧的僧服，光天化日之下，大搖大擺地前往位於花昌町的新選組營區，膽大至極。

他並非隻身前往，而是浩浩蕩蕩的二、三十人。其實彌兵衛之前來到京都時，曾在花園的妙心寺參禪。當時他認識一位法號容海的年輕行腳僧，拜託他讓自己混進在市內托缽化緣的隊伍中。

他們是如假包換的行腳僧。

連鐵缽的拿法也不一樣。

「坦白說，我想到新選組門前走一趟。」

富山向容海坦言。

「好。」

容海就此改變化緣路線。提到新選組，人們視之如毒蛇猛獸，少有人敢接近這一帶，但就算是新選組，想必也不會對臨濟禪本山妙心寺的行腳僧集團胡來。

不久，一行人已來到花昌町的營區門前。

門外有門衛把守，兩三名隊員進進出出。

行腳僧一行人緩步而行。

富山彌兵衛陡然停步。

他站在門前，緩緩揭起網編斗笠。

「貧僧為妙心寺的行腳僧，法號清潭。富山彌兵衛先生託我代為傳話。彌兵衛先生因犯下過失，不敢歸隊，如今人在今出川的薩摩藩邸。」

「……」

門前這位一般隊員定睛一看，認出此人便是富山彌兵衛。

隊員為之一愣，這時，富山已就此離去。

土方得知此事後，懊惱不已。

「總不能上薩摩藩邸找他們談判吧。」近藤說。

沒錯。如果是其他藩國，管它是御三家★的尾州還是紀州，他都敢大搖大擺地率領隊員前往談判，唯獨對薩摩藩不能這麼做。

原因一，新選組的上司會津藩對薩摩藩多所顧忌，極力避免在政治方面刺激對方。

原因二，薩摩藩在京都擁有二千名藩兵，大砲、洋槍齊備，對幕府毫無顧忌，自

御三家：分別是以德川家康第九子義直為始祖的尾州家、以第十子賴宣為始祖的紀州家、以第十一子賴房為始祖的水戶家。

稱這是「為攘夷做準備」，幾乎每天都在衣笠山下進行西洋式練兵，儼然一副備戰態勢。就連新選組也不敢招惹薩摩藩。

就幕府和新選組而言，薩摩藩邸可說是一處三不管地帶。

伊東甲子太郎日後實際與新選組分道揚鑣，以「孝明天皇御陵衛士」的名義，遷往東山山麓的高台寺月真院。

不久，伊東甲子太郎於十一月十八日的月明之夜，在油小路被新選組隊員暗殺。

當天夜裡，脫離新選組的伊東派人士為了奪回他的屍體而趕赴現場，與新選組在市街上展開廝殺，現場一陣混戰，關於此事，〈油小路的決鬥〉中有詳盡的描述。

在那場激戰中，毛內等多名同志全力奮戰，就此捐軀。

富山和篠原泰之進等人一起殺出重圍，衝進今出川的薩摩藩邸（現今的同志社大學校園內）尋求庇護。後來收容陸續逃脫的同志，共有四人生還。分別是富山彌兵衛、鈴木三樹三郎、加納鵰雄、篠原泰之進。

他們後來全都以薩摩軍的身分參與鳥羽伏見的戰役，之後轉戰各地。

官軍兵分多路，以征東軍朝山陰、北陸、東海等地挺進，富山彌兵衛隸屬於北陸鎮撫總督麾下，擔任先鋒，一路攻向越後口。

越後海濱有個叫出雲崎的市鎮，人口約五千人。

前臨海，後靠山，為北陸道上重要的驛站，離柏崎六里，離新潟十五里，為幕府領地，為了管轄附近六萬石的領地，設有代官所。

這裡有「朝敵」盤據。由水戶藩的反薩長派組成的「柳組」，以朝比奈三左衛門為首領，千里迢迢遠從水戶進駐此地。

他們與長岡藩攜手合作，鬥志高昂。

「你去打探一下對方軍情。」

參謀黑田了介（薩摩藩士，日後的黑田清隆）向富山下令。

彌兵衛還是一樣擔任間諜。

身為一名薩摩藩士，他的身分卑微，所以未受重用。

他當然不會感到不服，甚至還以像是參加親人喜事般的表情，著手進行喬裝。

搖身一變，成了一名俠客。

「吾乃美濃俠客水野彌太郎的手下。」

四處向人如此宣傳。

不過，水戶藩的柳組在出雲崎的市鎮入口架設柵欄，嚴密把守，監視所有人員進出。

富山就此被俘。

他被架往充當臨時陣營的「大崎屋」旅館，遭受言語難以形容的嚴刑拷打。儘管他受盡鞭刑、倒吊、石罰★，甚至手指被一根根切斷，他仍是守口如瓶，一句話都不肯說。

只要彌兵衛開口說話，就算刻意避免使用方言，口音還是帶有純正的薩摩腔。

最後，連水戶藩的人也對他感到佩服。

但還是難逃斬首的處分。

「就讓他多活一晚吧。」

上頭將他監禁，僅派一人看守。

當晚，彌兵衛趁那名看守人打盹時逃脫，潛入山中。

後來敵人獲悉他逃亡，帶著上百名水戶兵，在當地人的指引下，上山追捕。

途中，彌兵衛多次被人發現，就此一山又一山地不斷逃亡。

然而，經過嚴苛的拷問後，他體力已所剩無幾。

當他來到草水村時，已氣空力盡，就這樣大膽地躺在地上呼呼大睡。

這時，五名水戶兵趕到，將他前後包抄，想一槍了結他的性命。

彌兵衛陡然睜眼。

他彈跳而起，從槍尖底下鑽過，一把抽出水戶兵的大劍。

「吾乃薩摩藩士富山彌兵衛是也！」

石罰：古時的一種刑罰。讓受刑人跪在凹凸不平的板子上，再將重石壓在膝蓋上。

他報上名號，就此展開一場驚心動魄的劍鬥。
轉瞬間，已有一名水戶兵淪為劍下亡魂，倒斃在河堤下的水田裡，彌兵衛趁機沿著山中小徑往山上遁逃。
但來到半途，卻無路可走。
他折返往敵軍衝去，但這次水戶兵知道此人不好對付，不敢輕易一槍刺出。
（不妙！）
彌兵衛的左手邊有一條小河。沒有橋可通行。
但彌兵衛心想，只要全力一躍，應該能越過這條小河。
彌兵衛縱身一躍。
無奈已筋疲力盡。
他沒能躍過，最後掉落小河旁的河灘水田裡。沒想到這是一座泥田。雙腳不斷陷入泥淖中。
他掙扎著想前進，卻前進不得。
這時，水戶兵陸續飛躍而下，以長槍朝他一陣亂刺，彌兵衛身中五十多道傷，全身爛泥血水摻雜，不成人形，最後就此斷氣。
他奮戰的精神，連水戶兵也無比感佩。當他們砍下彌兵衛的人頭，掛在出雲崎街口示眾時，還在告示牌上寫道：

薩州藩賊
足為後世諸士之典範
真好漢也

不久，西鄉隆盛以軍艦載運薩摩的增援隊，進駐此地，他一見彌兵衛的首級，便淚流滿面地說道：

「彌兵衛先生，你現在只剩一顆人頭，卻還是沒有牙齒啊。」

像富山彌兵衛這樣的人物，從日本間諜史來看，算是個鐵錚錚的好漢，值得留名列傳中。

四斤山砲

一

慶應二年，就新選組的年表來看，正好是他們遷移至花昌町新營區的隔年。正月中旬，有個人大搖大擺地走進營區大門內。

「新八在嗎？」

此人攔住一名隊員如此問道。

「你說的新八是？」

「永倉新八。」

這下隊員可緊張了，因為永倉是隊上的幹部。

「閣下是？」

「我曾指導過他劍術。」

「請問尊姓大名？」

「出羽浪人大林兵庫。」

隊員重新端詳此人的樣貌。

他年約三十七、八歲。從他風塵僕僕的模樣看來，似乎才剛抵達京都。他有一張活像剝去外皮般的紅臉，身材中等，雙腿矮短，挺著肚子。姿態高傲。

（看起來不像壞人。）

隊員心裡作如是想，但此人看起來沒半點武士氣質，令這位隊員一時猶豫該不該入內通報。不過，提到永倉新八，他從新選組成立以來，便一直是近藤的盟友。在隊內擔任第二隊隊長，在幹部內同樣算是很重要的人物。若此人真是他的「老前輩」，那可萬萬怠慢不得。

「總之，我先去確認一下永倉師傅在不在。請您在此稍候。」

「大林兵庫？」

永倉側頭感到納悶。他對此人沒印象，但還是先派人將對方帶往玄關旁的小房間，讓他等候一會兒後，自己才走進房間。

「嗨，是我啦。」

大林笑臉以對，展露幾欲張臂擁抱般的親近感。

（我沒見過這個人。）

不過，大林對永倉少年時代卻是知之甚詳，站著說個不停。

「就是你以前待在三味線運河的那時候啊。」

永倉新八確實是松前藩定府的武士出身，從小在江戶三味線運河旁的藩邸長屋長大。

有位名叫山澤忠兵衛的劍客，獲得神道無念流岡田十松的奧義真傳，他在藩邸附近開設一家小道場，所以永倉有一段時間常上山澤道場習劍。

「我是山澤的弟弟。」大林兵庫說。

永倉暗忖，師傅山澤有弟弟嗎？不過，當時的記憶已相當模糊。因為師傅山澤忠兵衛在永倉入門後不久便病死，道場就此關閉，永倉改向同派的田崎三左衛門習劍，就此獲得奧義真傳。

（山澤師傅應該是單身才對。不過，聽他這麼說，也許師傅有個弟弟。）

由於當時永倉年紀尚小，所以對山澤道場的記憶模糊，自然也不清楚師傅的遺族情況。聽大林兵庫所言，當時他曾擔任代理師傅，指導同門的少年練劍。

「你要是忘了，我可就傷腦筋了。」

「這樣啊。」

永倉也很注意自己的措辭。據大林所言，自從兄長山澤死後，他便擔任旗本的雇用人，吃了不少苦，後來終於回歸故鄉——出羽的庄內藩，成為神官家的養子。所以才改姓大林。永倉仔細一想，師傅山澤原本確實是庄內藩的鄉士。

「我在庄內鄉間開了家道場。」

「是。」

「不過，你也知道的。」

永倉根本就不知道。

「我這個人就是氣血方剛。」

「是。」

「在這高喊攘夷的時刻，我實在無法繼續窩在鄉中，虛擲生命。我耐不住性子，就這麼前往江戶，和許多攘夷浪人有往來。不過，江戶還是一副天下太平的模樣，不論武士還是庶民，都過得太過安逸。我心想，今後男人得在京都才有作為，正巧那時聽人提起你的名字，所以就來京都找你了。」

永倉一面聽，一面心中納悶，此人是出羽國出身，卻沒有當地的口音。他說著一口純正的江戶腔。

不過，永倉並未將此事放在心上。永倉這名年輕人，生性不愛探聽別人的私事。因為他對這方面向來不太敏銳。

大林兵庫所說的每一句話，他都沒半點懷疑。大林前來拜訪，是想加入新選組。但他卻沒開口請永倉幫忙。

「我想助你一臂之力。」

大林甚至沒低頭行禮。想必他當自己的身分等同於永倉的師傅。

「我會盡力替您安排。」

「好。」

兵庫頷首。

永倉向土方介紹兵庫。

不過，永倉雖然從結黨之前便是近藤的盟友，但他很排斥與隊內行政相關的事務扯上關係。自新選組成立以來，曾經「操弄政治」的同志，最後都遭土方肅清。可以說就是因為永倉的這種個性，讓他保住一命。

他將一切全交由近藤與土方處理。數天後，近藤告訴他：

「永倉，你那位啟蒙師傅……」

（師傅……）

兵庫似乎是這樣對近藤他們說。

「我已決定讓他入隊。他同時也是你的師傅，所以我打算日後接著拔擢他當伍長。

不過，目前還是暫時讓他擔任局長的隨行隊員。」

「是。」

永倉不置可否的回答後，近藤道出令人意外之語。

「他似乎是個了不起的人物。因為很嫻熟西洋的練兵方式，所以聽說庄內藩一再想延攬他當藩士。」

「原來如此。」

此事雖是永倉初次聽聞，但或許真有其事。

數天後，他才明白這似乎確有其事。一切起因於隊上的一門大砲，兵庫提到火樂的調配法有誤。

「火藥應該是硝石二十錢、硫黃十錢、木炭二十二錢才對。而且這木炭質料太差。紅黑色的木炭燒出來的火，遠比純黑色的木炭來得猛。最好是選用赤櫻製成的木炭。應該一律採用小樹製作，樹齡超過六歲以上就不該採用。」

近藤也大為吃驚，命兵庫調配火藥。為了與舊有的火藥比較，特地將大砲拖往伏見巨椋池池畔，展開試射。

一共射了五砲。

兵庫調配的火藥果然威力十足，射程足足多了五間遠。

「了不起！」

近藤大為佩服，也沒和土方商量，便當場任命兵庫擔任砲術總教頭。

這令奉命擔任砲術總教頭的阿部十郎心裡很不是滋味。阿部十郎雖只是一般隊員，但在隊內也算相當資深。

入隊時，他對砲術並不熟悉，但他曾奉局長之命研究。

說研究或許誇大了些，簡言之，就是固定上駐守京都的會津藩黑谷陣營，向擔任大砲奉行的林權助學習如何操作大砲。（林權助當時已年過六十，後來於戊辰戰役中戰死。兒子同樣名為林權助，為明治、大正時期的外交官，最後擔任駐英公使，甚至還進宮內省擔任式部長官，獲封男爵。另外談個題外話，筆者記得曾聽某人提及，會津若松城下的林家，隔壁好像就是會津藩的若年寄★井深家。當時的井深茂左衛門，應該便是現今的SONY公司創辦人井深大先生的曾祖父。）

若只是這樣倒也就罷了。

雖然一樣是砲術總教頭，但兵庫地位等同伍長，阿部十郎卻只是一般隊員。兵庫突然開始將阿部當下屬使喚。

「近藤兄，負責大砲的阿部十郎好像有點自暴自棄呢。」

土方對近藤說。

若年寄：江戶幕府的職務名，為次於老中的重要職務。

「人事安排是很複雜的一件事。你的決定有點草率。」
「一點都不草率。大林兵庫的火藥確實射得比較遠。」
「五間。」
僅僅五間的差距，兵庫便受到拔擢，像阿部十郎這樣的資深隊員，卻因此而自暴自棄。
新選組的人事安排，通常是副長土方歲三一手掌控。土方在人事安排方面向來面面俱到，可說是有點細心過了頭。他的細心，有時甚至稱得上奸巧，極為縝密周到。
總之，他這番話的意思，是暗諷近藤對人事安排過於粗枝大葉，給他惹來不必要的麻煩。
大林兵庫似乎認為自己當上了大砲奉行。
他與阿部十郎同樣是「砲術總教頭」，卻命令他「阿部，你要是沒每天保養大砲，那可不行啊。」並不時檢查大砲室，一會兒嫌火藥沒收拾好，一會兒嫌砲管裡有灰塵，嚴厲訓斥。
阿部登時矮了一截。他原本就是名個性溫和的年輕人，不會當面與兵庫爭辯。
況且兵庫握有權勢。他自稱是第二隊隊長永倉新八的師傅，而且深獲近藤和土方的信任，阿部對此深信不疑。

阿部昔日雖只是一般隊員，但身為砲術總教頭，擁有相當的權威，如今卻淪為終日在大砲室裡擦拭大砲的男人。

這門砲是由江川坦庵的伊豆中村（韮山附近）鑄砲所製造，為幕府的制式野戰大砲，還附有車輪，便於活動。砲身為青銅製，從砲口裝入砲彈。砲彈由生鐵製成，與戰國時代的大砲不同，砲彈裡裝有炸藥，為長榴彈。與幕府洋式部隊擁有的法式四斤山砲相比，雖然有效射程短了約三成，但還是能將前方七百公尺遠的敵人炸個粉碎。

阿部十郎原是名劍客，自然不喜歡操控這玩意兒。但他接受過會津藩的權助細心指導，所以大致懂得火砲技術。

他懂得在長榴彈裡裝填炸藥的複雜技術，也會計算砲身的仰角和射程。

正因為具備這些知識，所以他憑著直覺，明白——

（兵庫這個人很可疑。）

某日，阿部在大砲室裡，朝陶爐裡點燃炭火，上頭擺上一只素瓷酒壺，用爐火燒烤。

這時兵庫入內，向他喝斥道：

「竟然在這裡溫酒，真是太隨便了。」

但阿部十郎什麼也沒說，仍舊繼續手中的工作。酒壺裡裝的並非酒，而是硝石和硫酸鐵的粉末。素瓷酒壺的瓶口冒出一個像角一般的東西，角的前端放著一個瓶子。酒壺和瓶子都已事先抹上一層黏土。

這是在製作硝酸。

（看也知道啊！）

阿部如此暗忖，但什麼也沒說。

二

該年秋天，土方從監察山崎蒸那裡聽到有關兵庫的風評。

——大林兵庫在一般隊員間很不得人緣。

具體來說，倒也沒什麼特別的問題。不過據山崎所言，人們都說兵庫「恃寵而驕，囂張跋扈」。

「恃寵？恃誰的寵？」

「土方師傅您就是其中一位。」

「我？」

土方頗為吃驚。說起來，他從第一眼看到兵庫的時候起，便對他沒有好感。因為兵庫與永倉雖有一些淵源，但二話不說便決定讓他加入新選組的人，是局長近藤，而讓他擔任伍長、砲術總教頭的人，也是近藤。

如今他擔任局長隨行衛士，平日常與近藤接觸。

（可是，怎麼會和我扯上關係呢？）

他仔細一想，頓時悟出當中的道理。近藤每次前往二条城，都由兵庫負責隊伍的打點，這時，不管大大小小的事，他總會找土方商量。與其他伍長相比，他進出副長室的次數自然比較頻繁。

「大家都很懼怕他。」山崎說。

因為沒人知道他頻頻進出局長和副長的房間，會說些什麼壞話。

（真傷腦筋。）

土方如此暗忖。不過，他對兵庫的砲術確實是高估了。近藤也一樣。他們不過是一介劍客，對洋砲毫無所悉。他們認為阿部十郎的技術，是請會津藩指導，急就章所學成，但兵庫則不同。

「我會請永倉提醒他注意。不過山崎……」

土方低頭望著取暖用的火盆，沉默了半晌。不久，他抬起頭，臉上露出猛然驚覺的神情。

「山崎。」

「在。」

「大林兵庫究竟是什麼來路？」

他知道兵庫是出羽浪人、曾獲神道無念流的奧義真傳、砲術專家、永倉新八的師傳，但對他以前的資歷則一無所悉。他的砲術又是師承何人呢？

「你去調查一下吧。」

語畢，他前往永倉的房間。永倉正獨自一人保養佩刀。

土方告訴永倉關於兵庫的不良風評。隊上有個風評不佳的幹部，就凝聚隊員向心力來說，是件麻煩事。

「大林？」

奇怪的是，此時第二隊隊長永倉新八的表情，就像許久未曾聽聞這名字一般。永倉總是忙於隊務。

「土方兄，你來找我發牢騷也沒用啊。當時讓大林兵庫入隊時，我應該就曾說過，一切交由近藤師傅和你全權處理。」

「永倉，不對吧。因為你說他是你的啟蒙師傅，所以我們才賣你個面子，讓他加入。」

「不、不是這樣的。」

永倉憨直地搔著頭。

「其實我根本不記得他。他說自己是山澤師傅的弟弟，曾經教過我劍術，所以我才想，或許真是這麼回事。其實我根本就不知道有這麼個人。」

「果然很像你的作風。」

平時不苟言笑的土方，此時露出破石而出的笑容。

「不過，他該不會是間諜吧？」

在這方面，土方總是極為敏感。自從結黨以來，混進隊內的間諜不知凡幾。

「關於這件事……」

永倉還刀入鞘。

「我不知道。你手中握有監察部，這應該是你的工作才對。」

「真好意思說。」

土方一臉不悅，返回自己房間。

監察山崎蒸前往庄內藩的京都藩邸，要求會見留守居役，並向對方問道：

「有個人名叫大林兵庫，曾在庄內鶴岡城下開設市街道場，閣下可認識此人？」

對方回答不認識。山崎還向最近剛從藩國前來的藩士詢問，得知鶴岡城下僅有將近一千戶的町民住家，市街道場更是寥寥可數。倘若大林真在那裡開設過道場，應該一問就知道是誰，但他們都說沒聽過這號人物。

山崎問起永倉新八的第一位師傅山澤忠兵衛。

對於山澤，他們倒是略有耳聞。

「在江戶，他或許稱為鄉士，但我記得他家好像是城外齋藤河原地區的村長。至於他有沒有弟弟，因為對方不是藩士，這我就不清楚了。」

不管怎樣，對山崎來說，這些都不重要。

「大林兵庫說他當過庄內藩某神官家的養子，請問貴藩可有哪戶神官家姓大林？」

「沒有。」

山崎就此歸營。

他向土方如實稟報，聳著肩說道：「若真是如此，他還真是個大騙子呢。」

土方為了和近藤討論此事，走向近藤的房間，正巧大林兵庫也在。

土方試著與他談及兩三件和庄內藩有關的話題。只見兵庫漸漸喜溢眉宇，就此熱中地談起故鄉的種種。

「土方師傅也知道庄內藩的事嗎？」

兵庫對庄內藩相當熟悉。

「我原本是鶴岡城外齋藤河原地區的庶民百姓，像那般豐饒的土地，縱觀三百諸侯，也難得一見。酒井家的奉祿為十四萬石，實際收入卻有四十萬石之多。也許是因為藩內富裕，民風悠閒，所以士風文弱怠惰，文武不修，一旦天下戰亂再起，必定會落於人後。」

「哦。」

他很清楚。

「土方師傅何時去過庄內？」

「我沒去過，只是前些日子遇見庄內藩的某個人士。我提到你在隊上的事，結果對方說沒聽過你的名字。我又告訴對方，你雖出生庶民之家，但當過神官家的養子，結果對方說，藩內沒有姓大林的神官家。」

「應該是沒有才對。」

兵庫微笑以對，但眼中還是浮現小心提防的神色。

「大林家不屬於庄內藩，而是出身於美作苫田郡，大林家有位名叫大林久馬的人物，曾前往江戶，上過家兄的道場。我就是當大林久馬的養子，繼承其家姓。提到美作的大林一族，現在的身分是村長、神官、平民百姓，但在戰國時代，曾經是地方豪族。是作州一百五十六舊家之一。」

土方聽得一頭霧水。

「這麼說來，你是作州人囉？」

「不，我在庄內出生，所以我算是出羽浪人。大林只是我後來繼承的姓氏罷了。」

這樣倒也說得通。

但還是令人感到狐疑。

「對了。」

一旁的近藤好像想到了什麼，如此說道。以近藤來說，這是個不帶任何邪念的疑問。

「大林，你的砲術師承何人？」

「沒有，我是靠自學。」

兵庫略顯怯縮。

「應該可以這麼說，與家兄同門的熟人當中，有人擅長此道，我多少受過些指導。」

「對方叫什麼名字？」

土方眼神犀利地注視著兵庫。

「安野。」

「嗯？」

「安野均。」

土方心想，我聽過這個名字，但一時想不起來。也許是我想太多了，我應該不會認識砲術家才對。

（這個男人大意不得。）

土方之所以這麼想，是因為有一次他發現近藤身上帶著一個華麗的印籠。

「高級品哦。」

土方此話一出，近藤馬上喜孜孜地解下讓土方欣賞。

當真是稀世珍品。

此為象牙印籠。上頭細雕出能劇猩猩的圖案。

「用這個看。」

他用近藤遞來的放大鏡細看，發現它清楚呈現出猩猩的表情、毛髮的零亂、能劇服裝的質感，當真是巧奪天工。怎麼看都像是大旗本或大名才有的上等貨。

「你哪兒得來的？」

「是大林給我的。」

近藤如此應道，喜溢眉宇。

此物原本歸大林兵庫所有，某日近藤見了，由衷誇讚道：「這印籠做得真好。」不僅雕工精美，蓋子闔上時，連接縫的線條都看不見。作工怎麼看都是最頂極的水準。

「送給您吧。」

兵庫很乾脆地拱手奉上。近藤生性愛好這些收藏品。他喜不自勝，向兵庫說道：「那我就以此物做交換吧。」贈予他一把陀羅尼勝國的短刀。

（根本就是在討近藤歡心。）

土方心中暗忖。用這種手段接近近藤的人，向來沒一個是好東西。例如武田觀柳齋、谷三十郎，以及和大林同名的酒井兵庫，都是想假借近藤的權威，在隊上結黨營私。看在土方眼中，這些人都是破壞隊上秩序和團結的毒蟲，到頭來，一旦有事發生，他們不是在與人廝殺時顯得怯懦，便是與薩摩、長州私通。土方對這些人的處置方式很簡單，一律殺無赦。一切只為守住秩序。

（不過，還不知道大林兵庫是否和他們一樣。）

他命山崎進一步查探。

但並未進一步查出任何嚴重的事證。

「這是近藤師傅親贈。」

兵庫頂多也只是拿著那把陀羅尼勝國的短刀，四處向隊員炫耀罷了。

他當然不是一臉天真地向人展示。而是運用他的小聰明，拿它當做誇耀自己威權的道具。

（只要他不是間諜就好了。）

土方心裡如此盤算。畢竟兵庫有砲術的專才。在淨是劍客和槍術者的新選組裡，他是重要的人才。

三

營區大廳的東邊為屋柱。屋柱內是幹部的房間，繼續往內走，則是近藤與土方的房間。擔任砲兵的一般隊員阿部十郎，當然是從未踏進屋柱內的房間一步。他自然覺得近藤和土方就像是置身雲端般遙不可及。昔日新選組仍在壬生村時，是以狹小的鄉士宅邸充當暫時居所，所以幹部與一般隊員之間並無太大的隔閡與距離，但現在已不可同日而語。

想必一來是因為建築的緣故。花昌町營區是仿照大名官邸所建，外觀雄偉，給京都人帶來一股威嚇作用，其內部結構是照階級來安置隊員。就一般隊員而言，近藤、土方根本就遙不可及。

更何況阿部十郎是壬生時代後才加入的隊員，自然與近藤和土方沒那麼熟稔。

阿部完全不會想找他們抱怨。

不過他擔任砲兵，所以儘管只是一般隊員的身分，卻常因公前往會津藩。

阿部只略微向會津藩的大砲負責人林權助透露自己在隊上的不滿。

「你說在巨椋池進行試射？」

權助要求阿部詳細說明。阿部十郎提到先前依照大林兵庫的火藥調配法發射砲彈，射程多了五間遠。

「對方應該是個門外漢。」權助說。

只要加入強效火藥，多少能拉長射程。

「但這樣太亂來了。若是照這樣的調製方式做，砲身非破裂不可。」

由於砲身為青銅鑄造（八成銅、二成錫），所以材質脆弱。調製火藥時，勢必得同時考量到火藥的強度與砲身的材質。

「砲身沒破裂可真不容易。」

權助側頭不解。

「我怎麼沒聽說過大林兵庫這位砲術家呢。」

權助接著補上一句「這也難怪」。

「新選組裡頭有許多來路不明的人，想必是改了名。他師承何人？」

「不清楚，不過，聽監察山崎先生說，是一位名叫安野均的人。」

「哦。」

權助果然知道。安野均是水戶鄉士，並非火砲專家，原本是位劍術家。

流派與大林兵庫同樣是神道無念流。不過，雖屬同一流派，卻是齋藤彌九郎的門人。

齋藤彌九郎退隱後，改名為篤信齋。其門派為江戶三大道場之一，門生眾多。

齋藤彌九郎並非只是名劍客，還是位警世的思想家。由於他曾收洋學家江川太郎左衛門為弟子，所以身為師傅的他反而開始對江川的西洋砲術感興趣，非但自己主動學習，也讓弟子一同學習。安野均便是其中之一。

不過，他已在幾年前過世。

「哦～」

阿部聽他提及此事，也沒特別放在心上，返回隊上後，向山崎透露此事。

山崎又向土方通報。

「他該不會和長州有關係吧？」

土方會這麼說，是因為齋藤彌九郎道場雖同是神道無念流，但有不少長州的激進藩士，因仰慕師傅警世的風格，而向他拜師學藝。曾有一段時期是由桂小五郎擔任「塾長」，而且高夏晉作、品川彌二郎、山尾庸三等長州的崢嶸志士，也都是這座道場出身。

「可是……」山崎道：「大林先生雖是同一流派，但他的師傅是自己的兄長山澤忠兵衛，應該與齋藤一門沒什麼關係才對。不過，他曾向齋藤的弟子安野均學習砲術，所以就這點來看，應該多少有些間接關係。」

「夠了。」

土方似乎也認為他不是間諜。

「他應該只是愛吹牛皮吧。」

之所以這麼說，是因為他的劍術遠不如嘴巴說的那般厲害。土方也是最近才明白此事。大林兵庫鮮少上隊上道場，不過，某日難得他現身道場指導一般隊員練劍，正巧讓土方給瞧見。

腰部動作遲鈍。

看起來不像是常練劍之人。

「永倉。」事後土方笑著問道：「憑他那點本事，也敢誇口說自己是劍術高手永倉新八的師傅？」

「不，他應該劍術不弱才對。」

永倉並未目睹那一幕。

「是你太袒護他了吧。」

「哪兒的話。像他那種麻子臉的紙老虎，一點都不可愛，我幹嘛袒護他。」

「這話可真毒。」

連土方聽了也忍俊不禁。

「不過，他在那方面，應該有相當於阿部十郎的水準吧。」

「你是指砲術嗎？」

「沒錯。」

後來土方心想，讓兩名同樣負責大砲的同志過招，也頗有意思，於是隔天便命他們兩人一起上道場。

裁判為第三隊隊長，與沖田、永倉同樣擔任隊上劍術總教頭的的齋藤一。

阿部十郎只會家傳的鐵人十手流★，是沒什麼名氣的傳統流派，對竹劍並不擅長。不過，基於不認輸的心理，他在心中暗忖「試過才知道」。只要全力以赴，或許能展現出超越技巧拙劣的力量。

然而，當他持竹劍與大林對峙時，卻發現大林的身影變大許多，令他倒抽一口涼氣。

正當他覺得自己輸了時，腦門已挨了竹劍一擊。

呼吸中帶有一股焦味，眼冒金星。手腳一時無法動彈，怯意油然而生。

「擊中面部。」

齋藤舉起單手。

（可惡！）

阿部衝向前挑戰，但總是被兵庫的竹劍掃開，奈何不了他。

兵庫得意忘形。就劍術來說，儘管兩人的實力伯仲之間，但只要心生怯意，便無技可施。

「中護手！」

鐵人十手流：右手持刀，左手持十手的一項武術。十手是江戶時代，捕吏拘捕犯人常用的道具。

兵庫在面具內笑著說道，阿部果真被擊中護手。

（我到底是怎麼了？）

阿部動作愈來愈僵硬。

「喂，這次要中面部哦。」

兵庫一面出言恫嚇，一面朝空中繞動竹劍，阿部為之無法動彈。

啪的一聲，再度中劍。

「接下來是身軀。」

兵庫的劍頗有男子氣概。原本便已威嚇性十足，現在得意忘形之後，顯得更是厲害，遠超出他真正的實力。反觀阿部，實在是難堪至極。他所屬的流派原本便不擅長竹劍劍術，況且他對兵庫多所忌憚，此刻遇上兵庫那讓人很不舒服的恫嚇，儘管他在心裡暗罵「可惡」，鬥志卻仍不斷萎縮。不，說萎縮並不貼切。他有旺盛的鬥志，但愈是湧現鬥志，肩膀愈是僵硬，全身的力量全集中於雙肩，竹劍就是不聽使喚。

兵庫一派輕鬆地擺出上段架勢。

他的竹劍破空而來，陷入阿部的右軀。

阿部一時無法呼吸。正當裁判齋藤準備舉手判定時，阿部拋下手中竹劍，往前衝去，想徒手和兵庫扭打。但兵庫以竹劍抵住阿部的右肩，迅速一腳掃向其下盤。

阿部重重跌向道場地面，但他馬上又彈跳而起。

「大林，我們用砲術一較高下。」阿部大喊。

現場鬨堂大笑。這種落敗時的台詞，的確很像砲兵會說的話，讓人覺得有趣。但是就一般隊員阿部十郎而言，這陣嘲笑改變了他的命運。他的對手並非只有兵庫。看在阿部眼中，兵庫代表了新選組的權威，阿部認定隊上每個人都在嘲笑他。

（我要脫隊。）

剛好時機也很恰當。

隊上參謀伊東甲子太郎極力主張尊王攘夷論，表明退盟之意。跟隨他一同退盟者，除了伊東在江戶時的門人和同志外，還有在思想上能產生共鳴者，以及從時勢推移中，對新選組的未來抱持懷疑態度的隊員。

阿部十郎的動機不屬於當中任何一項。

他向伊東的盟友篠原泰之進請求道：

「請帶我一起走。」

「好吧。」

篠原先表示同意與否，之後才問其原因，十足的久留米人作風。阿部十郎什麼也沒說。只短短地應了一句：

「我已經受夠新選組了。」

他原本就不是個擅長說理的人。

不過，篠原倒是很高興。阿部的技術總有一天會派上用場。

慶應三年三月十日，伊東派離開新選組，暫時進駐五條橋東側的長圓寺，不久，在伊東的奔走及薩摩藩的居中安排下，終於以孝明帝御陵衛士的名義，於東山山麓的高台寺山內月真院屯營。

當時在薩摩藩邸裡，學英語蔚為流行，阿部十郎在這段時間似乎也曾學過。

四

土方感到意外。

「阿部十郎是伊東的人嗎？」

他向監察山崎詢問此事，連山崎也頗感意外。

「好在少了他，也不會覺得可惜。」
從此土方便沒再提起阿部的名字。近藤也一樣。
「大砲方面，有大林在。」近藤說。
他撥了五名隊員供大林指揮，讓他們操練砲術。
事實上，當時大林那編出來的經歷，就快要露出馬腳了。
永倉新八在松前藩的大坂藩邸有位舊識，來營區拜訪他，兩人聊到昔日江戶的過往時，永倉突然想起少年時代和這名舊識一起上山澤道場習劍的事。
「山澤師傅有弟弟嗎？」
「弟弟？沒有啊。」
「有位叫大林兵庫的人，說他曾教過我們揮劍。」
「這就怪了。」
這時，碰巧大林兵庫自隊上的大砲室走出，從永倉的房間看得很清楚。
「就是那位。」
這名訪客踮起腳尖觀看，噗哧一笑。
「永倉，那個人不是忠七嗎？」
「忠七？」

山澤道場是將長屋的牆壁打通，由兩間房子組合而成的小道場，其中一面牆的隔壁，住著一戶工匠人家。這戶人家的兒子不想繼承家業，從小便常往隔壁的道場跑，到了十八、九歲時，終於取得劍術證書。

「這麼說來……」

永倉隱隱記得有這麼回事。

「當時的忠七，搖身一變成了大林兵庫，還真是不簡單啊。」

那名訪客放聲大笑。

「是啊。」

永倉為之一愣。他心裡並未感到不悅。追究起來，當初兵庫來到隊上時，永倉沒發現，是他自己的錯。不過，就算當時他發現了，料想兵庫也會採取另一種態度。

「我在他的強勢態度下信以為真。不過，現在回頭仔細一想，這傢伙還真是不簡單呢。」

據這名訪客所言，忠七好像曾專程前往庄內藩告知師傅的死訊。

「後來怎樣我不知道。他原本就很機伶，想必是他在四處遊歷時，學會了砲術。」

「那座道場的隔壁人家……」

永倉腦中的年少記憶隱隱浮現。經這麼一提才想到，隔壁好像有位總是板著張臭臉的老工匠。忠七應該就是他兒子。

「他父親是從事什麼工作？」

「專門製作象牙印籠。」

（啊！）

永倉啞然失聲，接著捧腹大笑。

原來如此，大林兵庫這個威嚴十足的名字，配上象牙印籠，真是相得益彰。以區區一個印籠，兵庫這位新人便得以讓其他隊員臣服於他的威嚴之下，他還將印籠獻給近藤，就此獲贈陀羅尼勝國的短刀，更加威風八面。

真要追究的話，這應該是道場隔壁那位乾癟的老先生接受店裡的訂單所做的印籠，忠七在離家時，順手將它帶走。

此刻它就繫在近藤腰間。

「忠七還真是個不簡單的人物啊。」

永倉再次朗聲而笑。

忠七肯定是永倉剛入門時，教過他基礎劍術的同門師兄。

（我就別在隊上提這件事吧。）

永倉就是這樣的人。

但他始終沒察覺，就是因為有忠七這種人的存在，才讓阿部十郎改而投靠伊東。

之後，依據新選組年表——

這一年（慶應三年）的十一月十八日，伊東甲子太郎在油小路遭新選組斬殺，新選組與伊東派也就此在市街展開一場激戰，事情經過在前面已曾述及。

阿部十郎在伊東喪命的當天稍早，曾經說道：

「我去射一頭山豬回來，你們大家等候我的佳音吧。」

就此和內海二郎一起扛著火槍，一早便離開月真院營區，一路走到山崎深山裡，最後仍是一無所獲，隔天十九日天尚未明時返回營區。

阿部十郎這時才得知伊東及多名同志皆已喪命，他立刻趕赴現場，但已於事無補，無能為力。

不得已，他只好投靠薩摩藩。

薩摩藩與長州藩不同，過去並不歡迎浪人前來投靠，但因為這時候已暗中決定與幕府開戰，所以阿部備受禮遇。

負責接待浪人的是中村半次郎（日後的桐野利秋），伊東派的餘黨全由他統管，包括篠原泰之進、鈴木三樹三郎、內海二郎、富山彌兵衛、加納道之助、佐原太郎。

這一行人皆由今出川的薩摩藩邸收容，在藩邸內接受步槍操作方法的指導，學習西洋式戰法的概要。不久，局勢驟變。

伊東遭殺害的二十天後，於十二月九日頒布「王政復古」令，十二日將軍慶喜率領幕府兵以及會津、桑名、藤堂等麾下諸兵離開京都，進入大坂城。

新選組當然理應前往大坂擔任慶喜的隨身護衛，依照幕府軍的戰術配置，新選組奉命移防伏見奉行所。

在這短短的十幾天內，不知不覺間舊歲去，新年來。

不久，大坂的幕府軍表面上採取向朝廷請願的姿態，其實已開始往京都進軍，欲驅逐京都的薩摩軍與長州軍。

薩、長兩軍於京都市街南部布陣，最前線的陣地，就定在伏見御香宮。

由中村半次郎統管的阿部十郎等伊東派餘黨，也進駐御香宮。

御香宮這名字相當古怪，是按照延喜式而建的古老神社，為伏見鄉一帶的鎮守神社。據說遠古時，此地湧現清泉，芳香四溢，飲用此泉得以治百病，人們因這份信仰而建立神社。到了德川時代，它成為巨大的神域。境內老樹蓊鬱，數百公尺長的泥瓦牆環繞外圍，是很適合充當臨時要塞的建築。

而且南方緊鄰幕府軍最前線的基地伏見奉行所，有高約四公尺的土牆聳立。御香宮南牆與伏見奉行所北牆之間的距離，僅二十公尺遠。

一旦開戰，很快便會展開肉搏戰。

伏見奉行所除了有新選組的二百五十名隊員外，還有會津藩兵、幕府軍的法式軍隊，合計多達上千人。

御香宮薩摩軍陣地的火砲，有些是阿部十郎從未見過的類型。

「這是……？」

阿部很感興趣地伸手撫摸，薩摩方面的砲兵很親切地對他說明。

「這叫四斤山砲。」

從砲口往內窺望，發現砲管內的膛線形成和緩的旋繞線條。一看便明白這樣的構造在發射時會讓砲彈旋轉，提高命中率，並拉大射程。

薩摩軍已於文久三年體驗過薩英戰爭，明白自軍的火砲遠不如人。當時薩摩藩在沿岸一共備有大小八十七門火砲，算是列藩中火力裝備最先進的藩國。但這些火砲完全沒有薩摩製或是舶來品之分，一律都是荷蘭製的舊式火砲，和新選組的大砲一樣，是砲管內光滑晶亮的滑腔式青銅砲，砲彈也是圓彈、燒夷彈等老舊的樣式。雙方展開砲戰後，薩摩的每一門砲座，紛紛被英國艦隊的安氏砲（Armstrong Gun）摧毀。

經過那次慘痛的教訓後，如今幾乎都已更換為新式火砲。

「這是薩摩自己製造的。」

薩摩兵得意洋洋地說道。這當然不是薩摩自己研發，而是仿效法式四斤山砲所製作。

對昔日的新選組砲兵阿部十郎來說，這一切都是如此新奇罕見。

舉例來說，新選組的大砲要射向遠方時，只要提高仰角即可，但這項操作相當困難。勢必得將大砲架設在坡地上才行。

因此，一般來說，必須得依照發射火藥的強弱來決定射程的遠近。要射擊遠處的目標時，得加入強效火藥；射擊近處目標，則減弱用藥。砲兵的操作相當困難，而且發射也得耗費不少時間。

不過，薩摩的大砲設有上下調整射角的裝置及表尺，表尺上設有刻度，只要按照刻度上下調整砲口，便能射向想要的位置。

「原來是這麼回事。」

阿部十郎無比欽佩。

負責接待浪人的中村半次郎，發現阿部對大砲很感興趣，便向篠原泰之進詢問，得知他原本是名砲兵。

「哦，說到新選組，便會讓人聯想到一群拔刀的男子，沒想到裡頭也有砲兵，真令人驚訝。」

就這樣，他特別安插阿部到砲兵陣地裡。

薩軍在伏見配置的砲兵陣地，占有極為理想的戰術位置，在戰爭史上難得一見。御香宮的東側有座小山丘（雲龍寺高地），為松樹所遮掩。

薩摩軍將大砲拉向這座山丘上，排成一列。眼下便是幕府軍陣營的伏見奉行所，只要往下開砲，便可百發百中。而幕府軍要開砲反擊，卻會被山丘上的松林遮住視線，難以確認目標。就算將砲彈打向山丘，也很容易誤射松樹，砲彈就此破裂，白白浪費。

真正令阿部吃驚的，是薩摩人竟然懂得如此新奇的知識，不知是從哪兒學來。

就在前年（以日本年號來說，為慶應二年），歐洲的普魯士與奧國開戰時，普魯士陸軍提早改造砲兵，廢除現今新選組所用的滑線式大砲，一律改為膛線式，而且有六成的大砲改為後裝式，所以獲得壓倒性的勝利。

「歷史將會改變。」

對阿部十郎說這句話的人，據說是薩摩軍的前第二砲隊長大山彌助（日後的巖元帥）。但彌助是在開戰後才急忙調來此砲兵陣地支援，從這點來看，說這句話的應該另有其人。

總之，在九個月前，阿部十郎一直身在專門舞刀弄槍的新選組裡，眼前薩摩的團體意識還有軍備，看在他眼中，宛如另一個陌生的國家。

不，後來他才知道，幕府軍內也有受過法式軍事訓練的新式砲兵隊，但是對幕府軍來說，沒將他們配置在伏見的前線，卻擺在後方的大坂，是嚴重失策。

幕府軍突然朝鳥羽方面進軍，他們拖著與薩摩軍一樣的四門新式大砲，但開戰的瞬間，其中兩門便被薩摩的砲兵摧毀，失去戰力。

五

對於敵方，阿部十郎只關心一人，那便是大林兵庫。

阿部借來薩摩兵手中的英國製望遠鏡，遠望伏見奉行所。

連敵方的臉都能看得一清二楚。

當然也能清楚看見大砲的配置。

奉行所東側有會津藩的三門舊式大砲。

建築內有一門。

那座綻發藍黑色光澤的大砲，正是昔日阿部十郎每天擦拭的新選組大砲。不過，大砲旁始終不見人影。

（這是怎麼回事？）

阿部感到納悶。

隔天，雙方就此開戰。慶應四年（明治元年）一月三日下午四點，由鳥羽方面薩摩軍的砲擊拉開序幕。緊接著在伏見方面，伏見奉行所的幕府軍也開砲反擊。兩軍旋即砲火四射，戰況激烈。

從高地往下開砲的薩摩砲兵，砲彈幾乎都落向奉行所，彈無虛發。

新選組多次試著派人衝鋒突擊，但還沒來得及抵達前方數十公尺遠的薩摩軍陣地御香宮，便陸續慘遭擊斃。

土方命大林兵庫朝位於雲龍寺高地的薩摩軍砲兵陣地開火。

只見兵庫在大砲旁來回踱步，頻頻喝斥砲兵，但安裝火藥、裝填砲彈的工作始終無法順利進行。

阿部十郎站在雲龍寺高地上，持望遠鏡觀看他狼狽的模樣。

（真是個蠢蛋。）
兵庫那張活像剝了皮的紅臉，此刻面色如土。
最後砲尾的點火孔終於點燃了火。
砲口轟然噴火。
（成功了！）
大砲朝迷濛的煙霧後方後退數尺遠。
砲彈越過雲龍寺高地上空，落向後方的水田裡。
（火藥過強了。）
阿部心裡暗叫活該。
不久，兵庫命砲兵將大砲拉回原本的位置上，再次裝填砲彈發射。
這次火藥似乎更強，水田後方的毛利橋通冒起白煙。
（笨蛋！）
連阿部看了都替兵庫感到著急。
兵庫不懂得因應目標的距離，事先備好各種強弱的發射火藥。
土方人在奉行所內，每次開砲後，都會轉頭怒吼。

「兵庫，還差一點，快點命中目標啊！」

（他果然是隻紙老虎。）

土方氣得咬牙切齒，當兵庫發射第四枚砲彈時，土方朗聲喊停。

他想讓兵庫加入突擊隊。

「再讓我發射一枚！」

大林兵庫急了起來。

這時，阿部十郎開始操作薩摩軍的四斤砲進行瞄準。

砲手共有六人。

他們有效率地各司其職。一人從砲口裝入火藥袋，以棒子用力往內塞，填進砲尾的火藥室。

接著負責砲彈的砲兵，同樣由砲口放入砲彈，以棒子往內塞。

作業結束後，擔任瞄準手的阿部十郎，負責設定好射向與射角，但阿部瞄準完畢後，卻立刻跑向砲尾，說了一聲「拜託你了」，與射手交換。他朝火藥室點火。瞬間，轟的一聲，大砲附近的空氣震動，砲座整個彈起，退向後方。

同一時間，四公斤重的砲彈淩空飛去。

阿部望向下方。

砲彈漂亮地落向新選組的大砲方向，兩名砲手當場斃命。
兵庫被爆風炸飛，身體撞向牆邊，就此不再動彈。
（知道誰輸誰贏了吧！）
大林兵庫在伏見負傷後，隨著幕府軍敗退，一同撤回大坂，此後下落不明。

永倉新八於幕府軍瓦解後，回歸松前藩，在北海道的小樽度過餘生，直到大正四年才過世。阿部十郎於鳥羽伏見之戰後，與篠原等伊東派餘黨一起擔任滋野井侍從，組成「赤報隊」，浩浩蕩蕩前往江州路。但後來被召回京都，成為「御親兵」這支浪人隊伍的軍官，於寺町本滿寺屯營。

菊一文字

一

松原通堀川下。

在京都都是如此稱呼此地，不過，它另外有個町名，叫作花橘町。

這座市町的方位，大概就在本圀寺東北方的圍牆一帶。堀川的河水流經寺院圍牆邊。

沖田総司便是在此遇上刺客。

他從位於四條烏丸東入的大夫半井玄節家中領了藥，踏上歸途時，已日落西山。此時剛入春不久，暖風輕送。

他攔了頂轎子，打算回營，才坐了數丁遠，沖田便覺得人不服舒。

「我要下轎。」

他給了轎夫運費，棄轎而行。

似乎是轎子的搖晃令他難受。他原本就不喜歡乘轎。

走了一小段路後，終於暢快許多。皎潔的明月從背後的東山露臉。

他突然想起某件事，順道繞往熟識的刀鋪播磨屋道伯家中。

當然了，刀鋪早已隨著日暮而關門。沖田敲了敲一旁的小門。

「我是沖田。」

報上名號後，店內的人馬上替他開門。這家刀鋪，不論是已退休的道伯、當家與兵衛、掌櫃、夥計，還是下人，都對沖田頗有好評。

「我的刀好了嗎？」

沖田如此問道，道伯和與兵衛皆一臉歉疚地應道：

「這個……還沒好。小的估算，後天一定能給您送去。」

「沒關係啦。我只是剛好路過，就順道來看看，沒有催你的意思。」

沖田自己反倒是慌了。想必沖田就是這樣的個性，才會如此受町人喜愛。

他們端出煎茶和糕餅招待。

沖田只吃糕餅。因為天黑後喝茶，不好入眠。

經過一番閒話家常後，道伯不知有何用意，從屋內取來一把附有刀裝的大刀。蠟色刀鞘，刀鍔搭配了破扇圖案的金象嵌，相當精美。

「這把刀出自丹波的某座神社。刀裝是我們所加裝，不知道合不合這把刀的風格。」

「總之，」

道伯接著說道：

「在江戶情況是怎樣，我不清楚，但在京都，我經營一輩子的刀鋪，要得到這樣的珍品，也僅有兩三次的經驗。」

這似乎不是客戶委託磨刀，而是販售品。想必是道伯得到這把好刀，喜不自勝，想讓沖田好好觀賞。

「您拿在手中試試看。」

「真傷腦筋。」

沖田露出苦笑。他沒有把玩收藏的嗜好，可是一旦拿在手中感到著迷，登時便會陷入進退兩難的局面。因為他沒錢。

「那我就不客氣了。」

他拿起刀，一口氣拔出長刀。沖田眼前登時湧現刺眼的光芒。

二尺四寸二分。

此刀窄身，腰身的彎弧頗高。刃紋為「一文字丁字」，燒幅寬闊，而且亂紋就像擺上一片片的八重櫻花瓣，還帶著露珠一般，美不勝收。

「您知道它的刀銘嗎？」

「不知道。」

沖田如此應道，其實他言不由衷。像這等名刀，就算不是精通此道的外行人，也大致猜得出來。

（應該是菊一文字則宗吧。）

若真是如此，光是欣賞，便已算是大飽眼福了。鎌倉時期的古刀當中，最具代表性，同時名氣最響亮的，便是人稱足利家重代的寶刀——「二銘則宗」（為現今收藏於京都愛宕神社的國寶）。

則宗為備前福岡的刀匠，隸屬福岡一文字派，名列後鳥羽上皇的御用刀匠中，特別獲准雕鏤菊花紋章，所以他鑄的刀俗稱菊一文字。

沖田総司懂得這些基本常識。

（這就是菊一文字是吧？）

重量適中。緊握大刀的手掌，吸收了重量，沒有太輕或過重的感覺。宛如這把刀是專為沖田而鑄。

「這是則宗。菊一文字。」道伯說。

「這樣啊。」

沖田高昂的情緒仍未平復。不久，他拿起自己的佩刀，起身說道：「我會再來。」

道伯一臉詫異，追著沖田來到入門台階處。

「您看不上眼是嗎？」

「不，以我的身分，買不起這種好刀。」

「小的並非是為了賣您這把刀，才拿出來讓您欣賞。小的是希望您在佩刀磨好之前，能暫時用這把刀代替。」

「啊！」

沖田滿臉通紅。他感到口乾舌燥，渾身打顫。

「那我就借用了。」

他將身上的佩刀交給道伯，改插上那把菊一文字。

「道伯先生，我想先向你打聽一下，你這把刀開價多少？」

經沖田這麼一問，道伯莞爾一笑。當時的刀價正居高不下，特別是古刀裡的上等之作，幾乎可說是無價之寶。

「實話告訴您，筑前黑田藩的一位大官，問我一百兩可否割愛，小的加以婉拒。」

「要幾兩你才肯賣？」

「不，我不講價錢。這把刀借您使用，到您用膩了為止。」

沖田一臉困惑地步出店外。明月已升至中天。

這時，他已來到前面提到的花橘町。

右手邊為堀川，河岸對面本圀寺本山的白色圍牆，沿著河岸一路往南綿延。這時，沖田驀然望向左手邊。這一側全是町人住家的屋簷。屋簷底下的暗處，突然有動靜。沖田向後躍開，手按刀柄。

若是平時，他早一劍斬殺對手。

但此時他並未拔刀，因為他意識到這把刀是借來的。

「你們是不是認錯人了？」

這名青年的聲音還是一如往常。

對方共有三人。其中一人擺出俐落的上段架勢，逐漸縮短距離。

（傷腦筋。）

沖田暗忖。過去闖過無數刀山劍林的這名青年，心裡只閃過這個念頭，茫然駐立原地，猶如站在十字路口要向人問路一般。

沖田総司房良，自幼拜天然理心流近藤周助為師，修習劍術。他與眾不同，十二歲時，與奧州白河阿部藩之武教頭鬥劍，戰勝對手。（東京都立川市羽衣町三之十六，沖田勝芳氏收藏之沖田家書信）

年僅十二歲，便打敗真正的劍客，是古今少有的例子。而自古以來的劍客中，恐怕也沒人像沖田総司這般擁有豐富的實戰經驗。

這名青年真正不可思議的地方，是從他身上完全看不到劍客常有的偏執個性。

「総司是個保有赤子之心的人。」副長土方歳三常這麼説。

（傷腦筋。）

在花橘町的十字路上，這名保有赤子之心的人，當真不知該如何是好。

二

沖田當然不知道眼前這名擺出上段架勢的男子，是水戶藩的脱藩浪士戸澤鷲郎，他曾參與筑波舉兵，接著又投靠洛北白河村陸援隊總部（土佐藩別働隊）。

他在神道無念流內頗負盛名，與同是水戶脱藩浪人，早期擔任新選組局長的芹澤鴨系出同門。芹澤當初結黨時，常向人透露道：「真該找鷲郎一起來才對。」

新選組初期的水戸派（芹澤派）隊員，似乎全都認識這位戸澤鷲郎，而且彷彿只要有他一人加盟，便抵得過上百人之力。

提到戶澤鷲郎，近藤應該也知道這號人物。昔日曾有一段時期，戶澤四處上江戶的小道場踢館，打響了名號。

站在戶澤背後的，是久留米脫藩浪人仁戶部。

其中一人並未拔刀。就像是為戶澤的表現做見證般，雙手盤胸而立。

此人身材矮短，前額凸，後腦勺也凸，還不時發出像老頭子般的咳嗽。

「住手，戶澤。」

此人出言喝止，邁步向前。他那少年禿的頭頂綁著個小小的髮髻，整張臉唯獨鼻子特別碩大。不過，夜色昏暗，沖田看不清他的長相。

「鷲郎，別做無謂的殺生。」

這名咳嗽的男子再度說道。因為他這句話，沖田才得知對方的姓名。

「然後呢？」

明明已入春，土方卻還抱著火盆。

「就逃離現場囉。」

「對方是嗎？」

「不，是我。」

土方沉默不語。沖田已告訴他關於菊一文字的事，所以他不必問，也已猜出沖田逃走的緣由。

「総司，你真是個老實人。道伯既然把刀借給你，就已做好心理準備，這把刀隨時可能因為與人爭鬥而斷折或是刀鋒缺損。要是你能趁那個機會試試看它到底有多鋒利就好了。」

「這個嘛……」

沖田拔刀出鞘。

「看過這把刀的模樣之後，會想讓它吸人血嗎？如果是近藤師傅的虎徹、土方先生的兼定，一定感覺相當鋒利，彷彿會咬碎人骨一般。不過這把則宗的模樣，卻不會讓人有這種感覺。你認為呢？」

「我看看。」

土方拔出他的和泉守兼定，擺在菊一文字則宗旁做比對。

一經比對後，雖然同是佩刀，氣韻卻有極大的落差。若將則宗比喻為隱君子，兼定就像是個呲牙裂嘴在戰場上疾馳的野武士。若是再擺上近藤的虎徹，應該會更加突顯出則宗的氣韻。

這時剛好近藤走進。

「怎麼啦。」

他望向那兩把刀。

「近藤師傅，可否將您的虎徹擺上去做個比較？」

「好啊。」

近藤對沖田總是很包容。

他不假思索地拔刀，擱在一旁。

果然，虎徹刀身厚重，彎弧淺，模樣帶有一股怒威及粗獷的味道，就像一把殺人用的菜刀，氣勢駭人。

當然了，虎徹也有其獨特的氣韻，但遠遠不及這把鎌倉古刀菊一文字。簡言之，兼定和虎徹都沒有那種神韻縹緲之氣。

「総司，這刀身也太窄了吧。」

當時並不流行窄身的佩刀。幕末流行的佩刀，講究沉重、鋒利。

「在哪兒得來的？」

「不，是借來的。」

土方告訴他播磨屋道伯那件事。

「如果総司喜歡的話，阿歲，用隊費把它買下。総司的佩刀鋒利與否，關係著新選組的強弱。」

「不過，難得人家好意借他，他卻……」

土方提起花橘町十字路發生的事，近藤聽完後忍俊不禁。

「跟個孩子似的。」

有些孩子對剛買的木屐會捨不得穿。総司就像這樣。

「他不太一樣。」土方說。

他比近藤更能了解総司這名青年的心思。

「那個人確實是沖田総司。」

戶澤鷲郎在白河村的陸援隊總部裡拍著膝蓋，朗聲說道。之前他已在十字路口斬殺過幾名新選組隊員。

戶澤鷲郎很引以為傲，他殺人時，一定會帶見證人同行，所以並非信口胡謅。

「他嚇得拔腿就跑。」

這也是事實。擔任見證人的久留米脫藩浪人仁戶部親眼目睹。

「說到新選組第一隊隊長沖田総司，他是京都首屈一指的劍客。但一見到我，非但沒展現他的劍技，還轉身就跑。」

戶澤鷲郎是陸援隊的劍術教頭。由土佐藩統管的尊王攘夷浪士團裡，大多是土佐藩人，水戶一派只有香川敬三（維新後受封為子爵）等寥寥數人，他們自然比較會虛張聲勢，香川也有這樣的傾向。不過，戶澤鷲郎的這個毛病，幾乎可說是故作狂態。

「各位可有斬殺新選組隊員的勇氣？」

戶澤如此聲稱，夜裡前往新選組隊員常路過的堀川筋，揮刀斬人。每次出手，對手定會淪為他刀下亡魂。戶澤與對方擦身而過時，會迅速拔刀往上揚，從對手臉旁劃過，趁對手驚魂未定之際，再反手一刀，以一記右袈裟斬解決對手。這招相當精妙。

這一晚，他碰巧遇見沖田，這招未能奏效，但能讓沖田総司這樣的厲害角色嚇得逃跑，也算立了大功。

他不禁驕傲地朗聲炫耀。

「沖田根本就是空有虛名。」

不過，那名有顆大鼻子的男子，卻在房間的角落發出病懨懨的咳嗽聲，還不時拔著鼻毛。現場只有他沒附和戶澤的誇耀言詞。倒不如說，每當戶澤朗聲炫耀，他便清咳幾聲說道「危險啊、危險啊」，宛如在挫他銳氣。

最後，戶澤終於問他為何要這麼說。

「我不是瞧不起你的劍術。我的意思是，劍術不同於圍棋、將棋或是摔角，沒有絕對的強者。以竹劍過招時，不也是如此嗎？就算是劍術高手，也會一時因為某些因素，而被技不如己者擊中。就連宮本武藏，在他年過三十之後，也不再與人比武，因為他明白勝負的可怕。戶澤，劍可不能這樣隨意玩弄啊。」

「老先生。」

戶澤朝廚房的方向努了努下巴。

「爐灶的火灰應該還很溫熱。你不妨抱著貓到那邊打瞌睡吧。」

「是嗎？」

那名被稱為老先生的男子，乖乖地站起身，朝廚房走去。

這名老人是羽前的鄉士，擅長詩文，劍術出自心貫流，再加上自己潛心鑽研，自成一派，名為無關流。此人名叫清原十左衛門。基於同鄉情誼，去年慘死的清川八郎邀他前來京都，清川都叫他「熟蝦夷老師」。

這是老人的雅號。不過，他來到京都後，並未參與志士的活動，而是在高倉竹屋町租屋而住，開設國學私塾。熟蝦夷是國學者所用的雅號，乃仿照古代蝦夷族的居住地（同時也是他的故鄉羽前國）所命名。

陸援隊成立時，隊長土佐藩士中岡慎太郎特別以賓客的身分迎請他入隊。

他號稱是「連清川都敬畏的人物」，所以隊員每天早上都還會客氣地和他打招呼。

但事實上，人人心裡都瞧不起他，認為他是個無用之人。

事實上，他在隊內的作用，比窩在爐灶上的貓還不如。說到熟蝦夷老師來到陸援隊後做過的事，大概就只有用毛筆在白河府邸門前的看板上寫下「陸援隊總部」這五個大字。

隊上有座道場。

熟蝦夷老師幾乎終日都在道場裡手持木刀獨自練劍。

近年來，各個流派已不再採用專練招式的練劍法，而是戴上面具和護手，手持竹劍，彼此進行對打練習，唯獨這名老人始終不肯配合。

擔任劍術教頭的戶澤鷲郎等人，偶爾也曾對他說：

「可否請您賜教？」

但老人總以一句「在下不懂護具的戴法。不熟悉的事，我一概不碰。」加以回絕。所以隊上眾人雖素聞熟蝦夷老師是昔日自創門派的高手，卻沒人知道他的實力深淺。

「總之，」

在新選組營區裡，土方每天都前往監察部的辦公室催促。

最近事故頻傳，許多新選組隊員在市內遭人斬殺。屍體全是臉部被劃一刀，死於右袈裟斬。

「凶手是同一人。碰巧昨晚沖田也在花橘町十字路口遇襲，當時對方共有三人，得知那三人當中，有一人名叫戶澤鷲郎。再不催促密探早點查出對方的下落，新選組將會威信掃地。」

「戶澤鷲郎。」

監察部立即通知所司代和奉行所，命密探牢記此人的名字。並以「四處打劫的嫌疑犯」名義，通報京都市內的攤販。

在安政大獄時，只要是奉行所前來打探消息，京都的攤販總會全力幫忙。但後來京都人轉為同情起長州，所以攤販漸漸不願配合。不過，每隔幾條市街，總會有一兩家攤販支持幕府，每當密探前來，便暗中予以協助。說個題外話，這些攤販老闆大多是東本願寺的信徒，因為當時東本願寺的佐幕色彩濃厚。

西三本木有家叫「床安」的攤販，店老闆向密探透露道：

「戶澤鷲郎應該是白河府邸陸援隊的一員。」

陸援隊隊員常從白河府邸走過加茂川的荒神橋，來床安光顧。戶澤的鬢角一帶因面具磨痕而顯得鬢毛稀疏，床安老闆老早便覺得「此人是名高手」，對他相當佩服。

腰間佩刀為紅色刀鞘。身高約五尺五寸，長臉，長長的下巴垂至喉頭為其特徵。

「総司，他是不是這個長相？」土方問。

「沒用的。」

「什麼沒用？」

「我不可能知道對方長相。我不像土方先生有一對貓眼，我晚上根本就看不清楚。況且當時我也沒那個工夫看清楚對方的臉。我頭也不回，轉身就跑。」

沖田模仿當時逃跑的模樣。

土方終於被他逗得發笑，但旋即又恢復嚴肅的表情。

問題在於陸援隊。

雖然不是依照土佐藩的藩制所設立，但薪俸由土佐藩提供，而且思想遠比土佐藩來得激進。稱得上是勤王派的新選組。

「要和他們廝殺嗎？」

土方向近藤問道。陸援隊是諸藩的脱藩浪人組成的集團，以新選組的實力，應該可以將他們一舉殲滅。

「阿歳，話可不能亂説啊。」

近藤有其政治考量。若和土佐藩起衝突，幕府的立場便會顯得尷尬。雖説土佐藩號稱是支持勤王的藩國，但當中最主張討幕主義的，其實是長州。

薩摩自家康以來，陽奉陰違的色彩始終相當濃厚，對幕府毫無忠誠可言，這是毋庸置疑之事。但他們擅於操作現實的政治，甚至被長州稱作「薩賊」，表面上與擔任佐幕大將的會津藩還保有不錯的關係。因此，新選組始終不去招惹薩摩藩士。

當中就屬土佐藩最奇怪。

握有藩內實權的「老公」（山內容堂），從年輕時便具有濃厚的勤王色彩，但他有其獨特的論點，是極端的幕府擁護者。

容堂的政治立場，應該可說是積極保守主義。高喊朝廷神聖論，因為其神聖，所以不讓它握有政權，政權還是依照源賴朝以來的慣例，委由幕府掌理。容堂採取這樣的法律解釋，以此做為土佐藩的行動基準。

不過，土佐藩的下級藩士中，有不少反容堂的激進人士，儘管受藩內打壓，被幕府官員追捕，仍持續暗中活動。自新選組成立以來所斬殺的「浮浪人」，若以藩名來分類，應該就屬土佐和長州人最多。

由於土佐藩情勢複雜，幕府也不想加以刺激。事實上，近藤等人也常在祇園的料理店「山藺」與土佐藩參政後藤象二郎會面，一同喝酒，增進彼此情誼。

「絕不能招惹陸援隊。」

「近藤兄。」

土方有他自己的道理。

「一直這樣瞻前顧後，壓抑鋒芒，日後幕府一定會吃虧。只要他們膽敢擾亂治安，不論背後是哪個藩在撐腰，都得主動出擊，以武力加以擺平。江戶、大坂是怎樣我不敢說，不過，如今京都只能靠這樣來維持治安。還有，陸援隊的隊員本身不就是浪人嗎？」

「白河府邸就是土佐藩的外宅。」

在德川家的體制裡，藩邸不受幕府的警察權直接管束，算是三不管地帶，類似現今各國的大使館或公使館。

土佐藩邸位於河原町。白河府邸雖是新設的府邸，但確實也算是其藩邸。

「一旦襲擊他們，便會引發戰爭。屆時將引來不少風波，恐怕天下諸侯將紛紛表明立場，成為源平合戰或戰國時代那樣的局面。」

「你也變聰明了嘛。」

他們剛到京都時，確實是步步艱難。暗殺新選組第一代局長芹澤鴨，並陸續解決芹鴨一派的幹部，最後終於獲得新選組的主導權。接著又進一步殺進三條小橋西側的池田屋旅館，斬殺了長州、土州派志士約二十人，就此惹得長州軍舉兵西上（蛤御門之變），引發京都戰爭。所幸最後以幕府的力量阻止了長州軍，但京都也在戰火下燒燬兩萬七千五百一十三座民房、一千兩百零七棟倉庫，燒斷四十一座橋，至於完全付諸一炬的權貴宅邸，宮門寺院有三座，公卿官邸有十八座，諸大夫、神官宅邸有五十一座，是自應仁之亂（戰國時代的導火線）以來最嚴重的一場災難。

此刻近藤正提到「對土佐藩的顧慮」。

「阿歲，現在情勢與元治元年已大不相同。連新選組也愈來愈難辦事了。」

三

這時，土方派人前去請播磨屋道伯到營內一趟。

他打算為沖田総司買下那把菊一文字則宗。

這種情況下，若是大名，依慣例會按照商人的開價直接買下，完全不討價還價。

土方當然也希望新選組能比照諸侯，直接依商人的開價買下。

「說個價錢吧。」

土方開門見山地說道。

但道伯卻板著張臉。這名退休的老者，想必對這把刀另有想法。

「可以直說嗎？」

「可以。」

「那就一萬兩。」

道伯抬眼望著土方的臉。臉色發白。

武家不會開口向人殺價。而一萬兩這一大筆錢，新選組應該是沒有才對。不，這些都不是重點，真正令土方惱火的，是這名京都的商人竟然敢瞧不起新選組。

「道伯！」

那名老人抬起手，化消土方的懾人氣勢。

「請先聽老叟一言。」

「什麼？」

「拜託您。」

「說吧。」

「那是老叟相當鍾愛的一把刀，沒帶半點做生意的念頭，若真要以算盤估價它的價值，我開價一萬兩，但老叟可不是說一萬兩就肯出售。因為老叟很欣賞沖田大人，才請他把刀帶在身邊，如果沖田大人用得順手，大可就此奉送。既然明白沖田大人對此刀情有獨鍾，老叟在此磕頭，請沖田大人就此收下。」

土方就像被人玩弄一樣。

「原來是這麼回事。」

他一副如釋重負的表情，愣了好一會兒，接著馬上叫隊員請沖田過來。

沖田當時正闔眼躺在自己房間的榻榻米上。這是半井玄節的吩咐。

「好，我這就去。」

他立即起身。土方的房間就在隔壁，與他只有一扇拉門之隔。兩人的談話內容，以及雙方的你來我往，他全聽得一清二楚。

「総司，事情是這樣的。」

土方將剛才兩人的對話大致說了一遍。沖田就像第一次聽聞般，露出天真無邪的歡顏。

「我早聽到了。」

若是這麼說，想必他們兩人會覺得很掃興吧。沖田早想到這個層面。

「可是道伯……」

土方向他提起沖田在花橘町十字路上，因過於愛惜這把刀而臨陣脫逃的事。

「真不像沖田大人。」

道伯臉上泛著柔和的微笑。若要道伯說真心話，這哪裡不像沖田，他就是有這樣的想法，才像沖田総司。這令道伯無比開心。

「不過……」

道伯道出違心之言。

「若是被這樣一把刀給牽著走，那表示沖田大人的修行尚淺。與您的天命相比，則宗只算是低下之物。請您把它當做竹劍般，盡情使用吧。」

「那倒不必。」

沖田喜孜孜地說道。

「之前是因為老想著它是借來的，才會有那樣的想法。不過，一旦歸自己所有，就輕鬆多了。」

雖然嘴巴上這麼說，但沖田之後還是沒佩帶菊一文字，而是以磨好送回的那把長二尺四寸的相州無銘刀隨行。

「総司真是個傻瓜。」近藤說。

縱觀德川時代，像近藤這樣將刀視為實用品的劍客，應該是少之又少。他在寫給故鄉好友佐藤彥五郎的書信中也提到「劣刀不該用」，這番話是出自他的實戰經驗談，至於刀身的長短，他也有個人的見解。

即便是名刀，一旦上了戰場，勢必有所損傷。倘若斷折，短刀以長者較為有利。昔日荒木又右衛門於伊賀鍵屋之十字路口殺敵時，雖成功抵擋敵方來劍，但長二尺八寸五分之伊賀守金道卻就此斷折。前不久，我在荒木家見過此刀，確實是把好刀。但仍難逃斷折之命運。由於又右衛門攜帶一把長達二尺二寸五分（長刀的尺寸）之短刀，後續激戰才得以順利無礙，這便是一例。土方也明白此理，故而佩帶長二尺八寸之和泉守兼定當長刀，以長一尺九寸五分之堀川國廣當短刀。

近藤對此就是這般講究，所以他總是近乎嘮叨地勸総司將菊一文字帶在身邊。

「若在緊要關頭佩刀斷折，只有死路一條。你拿它當裝飾，根本保護不了自己。」

総司只是點頭稱是，依舊不願佩帶。

（真是個怪人。）

連沖田自己也這麼認為。他是個凡事毫不執著的青年，唯獨對這把菊一文字則宗情有獨鍾，說什麼也不想用它來殺人。

沖田自己也不明白為何會如此，不過，這似乎與他的病有關。

「我已來日不多。」

他開始有這樣的覺悟。肺病即意謂著死亡，在當時，連三歲小娃也懂這個道理。新選組撤回江戶之後，近藤最後一次到沖田的病榻前探望他，是明治元年三月的事，當時病情已回天乏術。事後近藤說道：

「総司他為何能那麼開朗呢？以他這個年紀，沒人能像他如此了悟死亡。」

這番話與其說是佩服，不如說是對他的開朗感到悲戚。不過，對沖田用「了悟」形容並不貼切，他的天性、本質，原本就是如此。

他是個聰明人，自然很清楚死神的腳步已近。不，他盡可能不去想，但他並未發現，在自己內心某個角落，有股意外的情感正開始萌芽。

某天，他不經意地向土方道出心中的情感。

「則宗已經七百年了呢。」

這把刀已存在有七百年之久，當真稀奇。在難以置信的這段漫長歲月裡，則宗應該多次上過戰場。當然了，以刀的功能來看，理應會斷折、損毀，或是燒毀才對，但則宗卻奇蹟似地存活了下來。這七百年來，它的主人不知有多大的改變，他們全都生命終結，化為一坏黃土。

只有則宗仍活著。総司心想，這就像上天賜予它活著的價值，讓它一直存活至今。

「七百年。」

則宗以後也要繼續地活下去——沖田総司驀然有種想祈禱的衝動。據説総司隨著死亡的腳步接近，他的笑臉益發顯得聖潔。他就是在這樣的心境下，對「七百年」的壽命興起一種莫名的感動，這不是近藤和土方所能了解的。

四

然而，當総司見到日野助次郎的屍體時，他的心情起了變化。

日野的屍體被運往營區時，総司正躺在自己的房間裡。

「日野先生死了？」

他霍然起身，從外廊躍下。屍體平放在門板上。

鼻子被由下而上的一刀削去，致命傷是一記右袈裟斬。屍身之所以泡水，是因為他遭斬殺後，被踢進加茂川裡。已知凶手為何人。

日野助次郎是総司第一隊隊員當中最年長者。他是石州浪人，生性少言寡語，在年輕的総司底下效力，常到四條的半井玄節住處替総司帶藥回來。

「総司，」土方說：「之前若是你在花橘町的十字路上殺了戶澤鷲郎，他今天就不會死了。」

土方的眼神直刺人心。不論是眼神、措詞，還是態度，土方都很不受隊員歡迎，但他過去從未用這種眼神看過総司。

「只因你那無謂的惜物之心。」

「……」

総司以他那對細長雙眼的眼角餘光望著土方，但旋即低下頭去。

「你說得對。」

他啃咬著指甲。不知何時，他將小指伸進口中，一時咬得忘我，咬破了指頭。鮮血直流。

（我要殺了戶澤。）

而且是用菊一文字則宗。他之所以下此決心，是因為他認為若不以這種方式復仇，便會一直對日野助次郎懷有一份歉疚。

総司每天都到監察部的辦公室，聽取密探的報告。猶如每日例行報告般，戶澤每天的外出狀況都會逐一向他通報。

「山崎兄，這件事交給我辦。」

他向監察如此叮囑。山崎只是笑而不答。關於戶澤的事，土方早已對他下達指示。有位每天都在隊上進出的奉行所捕快，名叫利吉，総司給了他一筆錢，請他辦事。

「關於戶澤的事，你要在報告監察之前先向我通報。」

利吉不疑有他。因為他知道沖田在新選組內的地位，不單只是第一隊的隊長。

「在下明白了。」

數天後，利吉打聽到一項消息。

床安聽說戶澤奉命在明天天亮之前啟程前往大坂。不知會有多少人同行。

當天半夜，沖田帶著利吉悄悄離開營區。

兩人沿寺町通北上，來到荒神口。公卿坊城家的宅邸旁，有座清荒神（護淨院），鳥居旁有家茶店。

雖然有點過意不去，但他們還是上前敲門喚醒店主，請他準備茶泡飯，同時也略事休息。

在店內待了半個時辰後，就此步出店外。

南側為町家，北側為大宅地，沿著正親町三條家的圍牆往東而行，來到荒神橋。
過橋後，眼前為白河村的水田，到陸援隊的路只有一條。
天亮之前會從隊上出發的戶澤鷲郎，不論是從高瀨川走水路到伏見，還是採陸路前往，都非得經過這條路不可。
道路南方為蘿蔔田，一路往聖護院的森林綿延。北側是農田。
沖田総司朝路旁的大石坐下。背後高大的松樹巍然而立。
「利吉，把它穿上。」
沖田指著事先準備的斗笠和蓑衣。這是為了抵禦寒冷的夜露。
他腰間插著菊一文字則宗。

陸援隊內因為有人在天亮前出遠門，所以高掛門前的燈籠仍亮著燈。
「我們送你去伏見吧。」
一名隊員如此說道，但戶澤以筷子做出拒絕的動作。
「我會從木屋町搭高瀨川的小船前往伏見。土佐藩的藩船會在伏見等我。這淀川十三里路，是輕鬆的船上之旅，大可不必如此大費周章地送行。」戶澤道。
大坂的土佐藩邸從大崎進了一批步槍，已說好當中的三十把步槍要分給陸援隊，戶澤鷲郎等四人便是前往接收。

不知何時，熟蝦夷老師也已起床，來到土間。手裡提著燈籠。

「老先生，你有什麼事嗎？」

「我平時盡是在隊上吃白食，所以這時候好歹送你一程吧。我送你到木屋町。」

他有莫名的預感。

「不必費事了。」

戶澤如此頑固地說道，令眾人覺得有些奇怪。不過是送到高瀨川的搭船處罷了，大可不必拒絕。而且若是平時的他，應該會隨口應一聲「好啊」，同意讓人送行。不，甚至應該說，如果不送行，他還可能會不高興呢。

此外還有一件奇妙的事。或許也稱不上奇妙，不過，這天天亮前，戶澤一面吃飯，一面說「昨晚那傢伙啊……」，頻頻向人吹噓他斬殺日野助次郎的事。

「各位應該也試試斬人的滋味。那是有訣竅的，從道場劍術中肯定學不到。如果突然拔刀砍人沒能得手，接下來一定要使出上段架勢。道場上學到的劍術只是技巧，一旦持真刀對決，全看氣勢。就像這樣。」

他以筷子比出持劍的對作。

「不斷逼向對手。過不了多久，對手就會變成一具屍體。」戶澤說得口沫橫飛。

同桌的三人，平時在陸援隊道場上接受戶澤的劍術指導，所以全神貫注地聆聽。

「勸你最好別再說了。」

熟蝦夷老師一如平時，發出陰沉的咳嗽聲。

「用劍得看對手。」

山城的天空星辰滿天。

星空下，利吉的心臟正不安地鼓動著。一旁的沖田穩坐於岩石上。他身子前傾，斗笠垂戴，整個人縮在蓑衣裡，已安然入睡。

還微微傳來鼾聲。

（這位大爺膽子可真大。）

利吉為之咋舌。

不久，叡山上空漸漸月淡星稀，東方的天邊微微轉為淡藍。

「大人。」

可以看見出現於道路前方的燈籠。共有五盞朝這裡走來。

「嗯。」

沖田慵懶地站起身，脫去斗笠和蓑衣，交給利吉。

「你回去吧。」

「可以嗎？」

「就算你待在這裡，還是一樣無聊。」

「那恕在下告辭了。」

趁天色尚暗，利吉一溜煙地往西方奔去。

不久，那五盞燈籠已來到眼前。

「喂，」沖田喚道：「戶澤鷲郎在嗎？」

「來者何人？」

「我乃新選組的沖田総司。」

戶澤大步跨出，虎躍而來，拔出長劍。正確來說，應該是他手中長劍才微微離鞘，斗笠便當場破裂，腦門被剖成兩半，維持躍出的姿勢，重重地一頭栽向沖田腳下。當場殞命。

沖田眼望前方。擺出左下段姿勢，朗聲道：

「我的事已經辦完了，打算就此離開，有人要攔我嗎？」

他朝那名年長的男子望了一眼。

此人是熟蝦夷老師。維新後十數年間，他一直在兵庫縣效力，可見當時他未出手是明智的抉擇。

沖田総司的菊一文字則宗，似乎就只用過這麼一次。刀鋒上沒半點缺口。

総司幼名総（宗、惣）次郎，春政，日後改名房芳。文久三年新選組成立時，僅二十歲。官拜新選組副長助勤之首兼第一隊隊長，表現傑出。

惜天不假年，於慶應四年戊辰（明治元年）五月三十日病歿。（沖田家書信）

根據総司的姐姐阿光的子孫沖田勝芳氏所言，菊一文字則宗如今供奉於神社內。至於神社的名稱及其所在地，由於勝芳氏未向父親沖田要氏（阿光的孫子）詢問此事，所以無從得知。

総司後來在江戶千駄谷池尻橋一家園藝店的小屋裡養病，孤零零地死去。一直到他臨終，則宗都擱在枕邊。死後，此劍託園藝店老闆平五郎保管，之後交給由庄內前來的姐姐阿光。

阿光及其家人日後居住於立川，所以就算是供奉在神社內，從地理關係推測，應該是位在東京都下的某座神社。

日本館・潮 J0229

新選組血風錄 (下)

作者……司馬遼太郎
譯者……高詹燦
主編……吳倩怡
特約編輯……陳錦輝
行政編輯……許景麗
美術設計……吉松薛爾

發行人……王榮文
出版發行……遠流出版事業股份有限公司
104005 台北市中山北路一段十一號十三樓
電話……(02) 2571-0297
傳真……(02) 2571-0197
郵政劃撥……0189456-1
著作權顧問……蕭雄淋律師
初版一刷……二〇一〇年二月一日
初版六刷……二〇二二年七月一日
售價三二〇元
若有缺頁破損，敬請寄回更換

ISBN 978-957-32-6602-0

新選組血風錄 / 司馬遼太郎著; 高詹燦譯.
初版. 一 臺北市 :
遠流, 2010 [民99]　288面；　14.8×21公分
ISBN 978-957-32-6600-6 (套裝)
ISBN 978-957-32-6602-0 (下冊; 平裝)

861.57　　99001223

SHINSENGUMI KEPPUROKU Vol. 2 by Ryotaro Shiba

ylib 遠流博識網
http://www.ylib.com
e-mail: ylib@ylib.com